雷神山战疫日记

赵东方 著

Fight Covid-19
At Leishenshan Hospital

长江出版传媒
湖北人民出版社

为历史存照的战地纪实

——"抗疫日记系列图书"总序

白　烨

始于己亥岁尾庚子年初的新冠肺炎疫情，使2020年从一开始就不平静也不平凡。正如习近平总书记所指出的："这次新冠肺炎疫情，是新中国成立以来在我国发生的传播速度最快、感染范围最广、防控难度最大的一次重大突发公共卫生事件。对我们来说，这是一次危机，也是一次大考。"突临这样的"危机"和"大考"，在习近平总书记的亲自指挥、亲自部署下，在党中央坚强而有力的领导下，全国上下坚决贯彻"坚定信心，同舟共济，科学防治，精准施策"的总要求，打响抗击疫情的人民战争、总体战、阻击战。经过艰苦卓绝的努力，中国付出巨大代价和牺牲，有力扭转了疫情局势，用一个多月的时间初步遏制了疫情蔓延势头，用两个月左右的时间将本土每日新增病例控制在个位数以内，用3个月左右的时间取得了武汉保卫战、湖北保卫战的决定性成果，疫情防控阻击战取得重大战略成果，维护了人民生命安全和身体健康，为维护地区和世界公共卫生安全作出了重要贡献。

武汉与湖北作为全国抗击新冠疫情的主战场，其疫情防控工作具有"武汉胜则湖北胜，湖北胜则全国胜"的决定性意义。疫情暴发后，全国各地的四万多名医务人员向着武汉、湖北勇敢逆行，驰援前线；英雄的武汉人民、湖北人民紧急动员起来，立即投入严防严控的抗疫斗争。经过团结一心的共同奋战和众志成城的协同努力，我们不仅经受住了这场前所未有的危机，而且在这场史无前例的大考中，也交上了一份出色的答卷。如果说，中国有效地遏制住了来势汹汹的新冠肺炎疫情，维护了人民生命安全和身体健康，为维护地区和世界的公共卫生安全作出了重要贡献的话，那么，武汉保卫战、湖北保卫战的所有参战人员，无疑厥功至伟。

我虽未在武汉、湖北参战，却也一直揪着心地在京观战。从军地医护人员毅然逆行，驰援武汉，到火神山、雷神山医院快速建成，收治病患；从全国各地援助物资源源不断地运往武汉和湖北，到各个方面的志愿者奔赴前线，埋头苦干，武汉和湖北的保卫战，如同以抗疫为题材公开上演的一出超大型活剧，一个个与病魔博弈的细节、一幕幕与死神抗衡的场景，都让人为之感佩不已，令人为之万分震撼。在这期间，那些来自抗疫前线的日记，那些来自前线记者的报道，那些来自方舱医院的"涂鸦"，那些来自防护服上的文字与图画，都以一种随即随性的特殊方式，记录着正在进行中的疫情防控斗争的艰难进程与恢宏壮举，也传导着抗疫战地正在不断迸发着的情感力量与精神能量。

我曾在一篇题为《战疫阅读记》的文章里就此说道："从广义的角度来看，那些来自武汉和湖北抗疫前线的医护人员及患者病友的一些诗句一般的'金句'（如'说星星很亮的人，是因为没有看见护士医生的眼睛''武汉最美的不是樱花，是武汉人民感恩的心'等）、战地日记、方舱医院里的群体歌舞、走廊的涂鸦漫画等，都是战疫期间产生的重要文艺成果。而由于来自一线，完全自发，这些作品更带有'精诚由衷'的本质特性。这些作品以任情恣性、'苦中作乐'的方式歌吟无悔的付出与无畏的投入，洋溢着向善向上的乐观情绪和浪漫情趣，传扬了抗疫期间人们迸发出来的战友深情与斗争激情，在感染人、感奋人的同时，也成为抗疫这个重大事件的别样记述。我希望有心又有条件的人们，尽快收集整理这些零散又宝贵的特殊作品，并能尽快出版行世，以飨广大读者。"现在好了，由湖北人民出版社、长江文艺出版社联合组织和出版的"抗疫日记系列图书"正式推出，我当初的这一热切愿望总算部分地得到了实现。

湖北人民出版社和长江文艺出版社联合出版的这套"抗疫日记系列图书"，将先期推出援鄂护士赵东方的《雷神山战疫日记》和轻症患者李雪颖的《我的方舱日记》。此外，由援鄂医生、志愿者、学者、普通市民各自撰写的日记也将相继推出。我阅读书稿之后，感慨万千，受益良多，它们不同角度的记述让人重温了武汉保卫战的非常岁月，各有千秋的观察又让人们了解和认识了武汉保卫战所潜含的多重意蕴。

从宏观的层面来看，这套图书的写作与推出，至少有三个方面的显著特点，构成了其特有的价值与意义，值得人们予以认真对待和高度关注。

第一，多视角的亲历真实性。

这套"抗疫日记系列图书"的作者，并非从事写作的专门家，却是武汉战疫的实际参与者、前线战斗者。他们或者是救治前线的医护人员，或者是不幸染病的患者，或者是自告奋勇的志愿者，或者是坚守武汉的普通市民。总之，他们从各自不同的角度，以各有侧重的体验，参与了武汉保卫战，见证了武汉保卫战。因此，亲身经历的感受与亲眼所见的观感，就使得他们的日记记述，既真实可信,又具体生动,具有难能可贵的亲历真实性。

赵东方的《雷神山战疫日记》,从辽宁援鄂医疗队护士的角度,记述了她从请战到参战的具体经过,以及两个多月时间里在雷神山医院救治患者的所历、所见,大量生动而具体的细节,既披露了自己从开始的忐忑到逐渐坚定的心路历程,又描述了医者与患者为了驱除病魔的同一目标而团结奋战。李雪颖的《我的方舱日记》,从一个新冠肺炎病毒感染者的角度,讲述了自己入住方舱医院治疗、痊愈后捐献血浆等一系列经过,以及自己的种种体味与观感,让人们看到了患者以自己的方式参与抗疫……不同角度的体验与观察,各有特点的感受与表达,既折射了武汉保卫战的不同侧面,连缀起来看,又有多棱面和多剖面的生动记述,实现了对武汉保卫战的整体性描述,也诠释了疫情防控何以被称为"总体战"的理由所在。

还值得称道的,是一些作者并不有意回避矛盾与问题的实事求是的态度。武汉抗疫,人们从心理到行动有一个不断积累、逐步适应和循序渐进的过程。把这样一个过程如实描述出来,其真实性才更加具有不打折扣的实在价值。

第二,多声部的"大爱"主旋律。

以武汉为主战场的全国抗击新冠疫情的战役,看起来是以防控和救治为主要方式的公共卫生保卫战,但具体实施的过程与取得胜利的关键,很大程度上取决于政府与人民的上下一致、军队与地方的同心协力。也就是说,在以经济与科技等为主要构成的硬实力之外,还要看由文化与观念等为主要构成的软实力。而从这次由武汉到全国的抗击疫情的战役来看,我们正在这两个重要方面,显示出我们自己的特有优长。

这套"抗疫日记系列图书"也正在这些方面,向人们展现了蕴藏在普通人身上的超越"小我"的"大爱"，以及不同的人所共同拥有的浓得化不开的家国情怀。而这种情怀与情操凝聚起来形成的巨大而深厚的情感伟力与精神内力，正是武汉保卫战最终赢得胜利的关键所在，也是武汉保卫战最为动人的光彩所在。

护士长赵东方的请战获准之后，得知此事的儿子与丈夫经过短暂的吃惊，都对她表示了坚决的支持，典型地体现了"舍小家为大家"的可贵精神；临行之前，医院的姐妹们为她准备的各种东西"铺了一地"；还有雷神山医院一位李姓患者带病作画，执意要把它送给战疫的白衣天使。这些细节描写，把家人的有力支持、同事的热情关切、患者的衷心感念，都表现得感人至深。李雪颖住进完全未知的方舱医院之后，感觉"一切都在慢慢变好"，尤其是医患之间由一场特殊的生日聚会，拉近了彼此的距离，以至于原负责一楼医护工作的天津医疗队调到二楼之后，"大家都非常非常地舍不得"，争相邀请护士们疫情过后到武汉来玩，一位婆婆甚至豪横地说："不要你们的钱，全部由我们包了。"医者与患者两方，此时已化为了战友的关系，充满了并肩战斗的情谊……舍小为大、舍己为人、舍家卫国、舍生忘死，成为武汉战疫前线包括医护人员和武汉市民在内的同一信念与不二选择，他们实际上各以自己的独特音色，在疫情中的武汉，唱响了高亢而嘹亮的家国情怀的主旋律。

第三，多层面的人民主体性。

在疫情刚刚暴发之时，习近平总书记就指出："要把人民群众生命安全与身体健康放在第一位。"后来，他又在统筹推进新冠肺炎疫情防控和经济社会发展工作部署会议上的讲话中指出："打赢疫情防控这场人民战争，必须紧紧依靠人民群众。"这就是说，这场抗击新冠疫情的战役，既是为人民而战，也要靠人民取胜。

3月24日晚,在与波兰总统杜达通电话时,习近平总书记更是明确地告诉世界:"战胜这次疫情,给我们力量和信心的是中国人民。中国14亿人民同舟共济,众志成城,坚定信心,同疫情进行顽强斗争。中国广大医务人员奋不顾身、舍生忘死,这种高尚精神让我深受感动。人民才是真正的英雄。只要紧紧依靠人民,我们就一定能够战胜一切艰难险阻,实现中华民族伟大复兴。"这是充满自信与自豪的事实陈述,也是精到又精练的经验总结。

这套"抗疫日记系列图书"的书写,因为都是抗疫者的个人角度,看取事物和发抒感受都带有个人色彩,较少有大话、空话与套话,这反倒从一个独特的视角,真真切切地表现了普通抗疫者的公民责任心与人民主体性。

赵东方、李雪颖的日记,分别从医护人员和染病患者的角度,向人们报告了他们对于疫情的观察和参与抗疫的感受,表述了各自不同却又极其相似的一些基本认知。如赵东方说,"一身白衣赋予了我们救死扶伤的崇高使命,那么我们就要用生命去完美地诠释它",做到"若有战,召必回,回必战,战必胜"。李雪颖从一个患者的特殊视角说道:"不是每个人都要成为英雄,但我们每个人都是抗疫的一分子。""这一个个普通人的永不言弃,撑起了这场艰难的战疫。"

这样的场面、这样的情景告诉我们,在武汉,在湖北,各行各业都在联动联防,都在抗疫防疫,他们以自信的认知、自律的言行、自愿的付出、自觉的作为,体现着人民的主动性,凸显着人民的主体性,他们汇聚一起书写着"人民"两个大字,也共同诠释着"人民"这一称谓富含的深邃意蕴。

"抗疫日记系列图书"中的日记作品,在总体风格上偏于纪实,在写作追求上旨在写真。不同的作者既在写作中体现出不同的特点，又不约而同地显示出共有的特性，那就是叙写见闻不打折扣，抒发感受不藏不掖，力求文字、照片、图像等所有表述，有凭有据，确凿不移，从而复现生活原有的真实，还原现实本来的面目。这样的来自亲历者的战地日记，因为其亲身经历的现场性、信而有征的真实性，而具有其不可替代的价值与意义，那就是为历史性的战疫纪实，为战疫的历史存照。

我以为，这样的货真价实的纪实作品，虽然既非典型的文学创作，又非规范的史书写作，但它不是文学胜似文学，不是史作胜似史作。

2020年6月23日
于北京朝内

CONTENTS | 目 录 |

1月28日	001
1月31日	004
2月8日	007
2月9日	009
2月10日	014
2月11日	019
2月12日	023
2月13日	026
2月14日	032
2月16日	035

2月17—18日	041
2月19日	046
2月21日	050
2月23日	055
2月27日	058
2月29日	061
3月3日	065
3月6日	067
3月8日	072
3月9日	076

3月13日	083
3月14日	086
3月18日	090
3月19—20日	093
3月23日	097
3月25日	101
3月26日	104
3月30日	107
3月31日	114
4月14日	119

1月28日

本溪多云

正月初四，疫情越来越严重了，从昨天开始我们医院已经取消了春节假期，全体人员正常上班。很多时候我明显能感觉到周围的人那种不自觉的恐慌，大家开始自觉佩戴口罩、注意手卫生，不聚会聚餐、不走亲访友、不去人群密集的场所，走路或者等待的时候自觉保持有效的距离。很少看新闻的我也开始每天关注湖北的情况，早上醒来第一件事就是打开手机查看疫情数据。看着疑似病例、确诊病例的数据每天都在上升，我的心也一天天跟着揪了起来。

上午10点，我接到院里的通知电话，医院准备成立本溪市第三批驰援武汉医疗队，要求护士长尽快通知全员，并统计上报本科室自愿报名的护理人员。当时我正在医院的发热门诊值班，穿着隔离衣、防护服，戴着口罩、帽子、手套和护目镜，全副武装地刚刚为一位发热的患者采完血，我透过已经模糊的护目镜，仿佛看见了奋战在一线的同行们。我知道，规避风险是人类的本能，但成为一名护士以后，守护生命、救死扶伤就是我的本能，这是刻进我骨子里的东西，这些年从未改变过。我从来不认为自己有多么高尚，我也自认为自己成不了英雄，但在那一刻，我没有丝毫的犹豫，仿佛这件事情我已经在心里演练了千遍万遍，"我报名"，三个字就这么自然而然地脱口而出。我没有和老公商量，也没有告诉儿子，更没有告诉家里的老人。我知道他们一定会为我担心，

请 战 书

尊敬的院领导：

  我是肿瘤内科护士长赵冬芳，也是内科支部书记，我从事临床护理工作19年，在此国家危难之际，我自愿请战，申请支援武汉，参加抗击疫情的一线工作。我不是英雄，我只是觉得：有些事总要有人去做，危难的时候总要有人站出来，跟年轻的护士相比，我的经验更丰富，跟护理前辈们相比，我更年轻，身体好，所以我最适合，请领导批准！

申请人：赵冬芳
2020年1月28日

请战书

但既然这是我的选择，他们就会无条件地支持我，做我最坚强的后盾，因为他们是我的亲人。

  接下来，科里的护士也给了我太多太多的感动："我报名，我家里已经同意了。""我去，我没有家庭负担，马上就可以出发。""我报名，我年龄最大，经验丰富，让我去。""我去，我年轻，身体好，抵抗力强"……一时间群里的报名声此起彼伏，汇成了一首人世间最美的乐章。

  中午，我的名字最终出现在院里支援武汉团队的确定名单里，此次驰援团队由一名感控（即医院感染防控专员）、两名护士组成。我下班回到家才和老公、儿子说起这件事,儿子当场就炸了毛:"妈,你真的想好了吗?那么危险你也要去吗?"我说:"嗯,已经想好了,我觉得有些事总要有人去做,有些责任总要有人去担当,那么我希望那个人是我。就是时间紧急,没来得及和你们商量,我就报了名。"儿子坚定地看着我:"妈,既然你已经决定了,那我就支持你。我已经高二了,我长大了,可以照顾好自己,你不要担心我。祝你和千千万万的叔叔阿姨们早日战胜疫情,平安回家,我和爸爸在家等你,你是我心目中的英雄。"17岁的小伙子一番话说得我眼泪一下子就出来了,老公也抱着我说:"儿子说的也正是我想说的,既然这是你想做的,那我们就支持你。一定要做好防护,照顾好自己,不用担心家里,一切有我。我和儿子等着你平安凯旋。"一瞬间,我感觉浑身充满了力量。我知道我也是血肉之躯,我也是妻子、母亲,但我身披铠甲,是一名白衣战士,既然是战士,就要做到:若有战,召必回,回必战,战必胜!

我已收拾好行装,一切准备就绪,只等一声令下,就奔赴战场,上阵杀敌,冲坚毁锐,必将凯旋!

1月31日

本溪晴

驰援武汉医护人员名单已经公布4天了,我还没有被通知具体何时出发,我的生活也没有一丝一毫的变化,每天按时上班,忙得一塌糊涂,但库房里的行李箱和队服时刻刻提醒着我,准备随时出征。

今天武姐和孟姐给我买了一大堆生活用品和吃的东西,组团来到库房帮我整理行李。看着满满三大袋的东西,大到衣裤鞋袜,小到糖果点心,一应俱全,看着那一大堆足足够我吃一个月的东西,我当时整个人就傻掉了。她们把东西铺了一地,一样样地帮我整理,我站在一旁,完全插不上手。她们一边整理还一边絮絮叨叨地说着:"这个东方爱吃,是不是买少了?不行,一会儿再买点。东方,袜子塞在鞋子里了,不占地方,你记着点,别到时候找不到。鞋子薄的厚的多带几双,可以替换着穿。巧克力和糖果我们给你带

同事武姐和孟姐在库房为我整理行李

得多，忙的时候没时间吃饭可以随时吃一块，补充一下体力。还有榨菜我们也给你买了好多，武汉的饮食口味和咱们东北不一样，你得适应几天才能习惯……"看着我的行李箱从空空荡荡到完全盖不上盖子，我的眼泪再也止不住了。我知道，在她们的眼里，我不是护士长，我只是她们的小妹妹，一个需要姐姐照顾的小妹妹。如今我就要离家千里，即便还没有出发，她们就已经开始担心我能否吃饱，能否穿暖，能否睡好，恨不得把家都给我带上才肯罢休。最后的结果是我坐在行李箱上，在行李箱"咿咿呀呀"的呻吟声中勉强把它扣上了，就这样，两位大姐还一脸惋惜地看着地上剩下的一堆东西说："这就装满了？感觉也没带什么啊！还有这些没装进去呢，东方，把背包拿来，这些你背着……"接下来我的背包又重复了行李箱的命运。

　　下午的时候，一批批领导、同事、朋友轮番来慰问，一会儿工夫我的办公桌上就摆满了各种各样的物品，有暖宝宝、N95口罩、隐形眼镜等等，还有好几瓶东北最具传奇性的食品：桃罐头。民间传说认为它能包治百病，它能保你平安，它可以应对各种各样的突发状况。我们科最小的小可爱李昕把自己寓意平安健康的护身符送给了我，嘱咐我时时刻

热心的同事们送来的各种礼物

刻带在身边。

最让我感动的是同事沈翠萍，我们是多年的好朋友，她把她妈妈送给她的"平安果"送给了我。那是一个精致小巧的金色苹果，是阿姨特意送给自己宝贝女儿的礼物，平时翠萍非常珍爱它，别人碰一下都不行，可是此刻她却把自己最宝贵的东西郑重地交给了我："姐，我不能陪你共赴战场，就让它代替我好好照顾你，你把它带在身边，它一定会平安地把你带回来。"我握着手中的"平安果"，仿佛握着一颗火热的心，炽热得有些烫手。看着眼前这张泪光闪烁的脸庞，听着耳边温暖叮咛的话语，我的心也从最初的茫然一点点安定下来。

翠萍送给我的"金苹果"

我深知，无论前行的道路布满了多少荆棘，无论前线的情况有多么严峻，无论未知的征程有多么坎坷，都不能阻挡我前行的脚步，因为我的身后有着爱护我的领导同事，有着关心我的亲人朋友，有着支持我的父老乡亲。有他们做我最坚强的后盾，我必披荆斩棘，所向披靡！

2月8日

本溪 晴

今天是正月十五元宵节，阖家团圆的日子。最近几天院里给我们放了假，让我们在家好好休息几天陪陪家人。每天忙惯了，突然闲下来还不知道干点什么好了。这几天儿子出奇地安静，17岁的小伙子正是心事重的时候，虽然担心我但还不愿意表现出来，每天都酷酷的，惜字如金，但偶尔看向我的眼神里还是写满了担心。老公变得越来越黏人了，除了上班，其他的时候总是和我在一起，每天变着样买各种好吃的，然后一定看着我吃完，明令禁止我减肥，我知道，他这是怕我吃少了抵抗力会下降。距离我交请战书，已经过去12天了，等待的日子确实是有点熬人。

前些天本溪市建立了第三批驰援武汉医护人员微信群，在群里我看见了一个熟悉的人：宋姐。她是我实习时第一个带我的老师。那时候的宋姐青春飞扬，朝气蓬勃，一直是我心目中完美的知心姐姐。宋姐无论是业务水平还是个人素质都非常出色，她教给我很多专业的知识和做人的道理。那时候我刚刚来到医院，空有一腔救死扶伤的热情，却没有扎实的业务功底，很多技能都不会，根本不知道应该怎样做才能成为一名优秀的护士。第一次测血压因为测得不够准确，被医生严厉地说了一句："血压都测不准，让你老师测。"我当时就哭了鼻子，抱着血压计说什么也不给宋姐，非要亲自再给患者测一次，不让测就不走，弄得医生和患者都哑然失笑说:"这小孩儿还挺倔的。"最后我到底哭着又测了一遍,操作完全正确了才肯罢休。一晃 22 年过去了,当年抱着血压计哭着测血压的小孩儿已经长大了,不但可以独当一面,还能与老师并肩作战。我和宋姐约好了要互相照顾,共同战斗,一起去一起回。

晚上 8 点左右,刚刚吃完汤圆,就接到了院里的通知,明天上午 9 点桃仙机场集合,11 点 15 分准时出发,飞往武汉。同时,我们医院又临时增加了四个人,和我们原定的三个人一起出发。由于后增加的四个人都是当天晚上才接到火线出征的命令,所有的物品准备工作都是院领导带队、各部门通宵达旦连夜完成的。至此,我们医院由一名医生、一名感控、五名护士组成的援鄂医疗队正式拉开了驰援的序幕。

深夜,我依然没有困意,拉开窗帘望着天空,在皎洁的月光中陷入了沉思。我知道,明晚这个时候,我会站上武汉的土地,仰望同一片星空。虽然那里暂时被乌云遮蔽,但我们勇敢的辽河儿女、无畏的白衣战士会手持利刃,划破黑暗,迎接阳光的洗礼!

2月9日

本溪晴　武汉晴

我以为昨晚一定会失眠，结果后来躺在床上还是睡着了。7点30分，我准时到达医院，发现领导同事们都早早地到了现场，组成了一个极为庞大的送行队伍。

出发前，院领导亲切地嘱咐我们："一定要做好自身防护，保护好自己的同时，全力救治患者。家里的一切都不要担心，院里会帮助大家照顾解决，不会让大家有任何后顾之忧，全院职工是你们最坚强的后盾。期望你们圆满完成党和国家交给你们的重要任务，战胜新冠肺炎，早日凯旋而归！你们是我们金山人永远的骄傲！"领导暖心的话语给了我们前行的勇气和动力。看着领导眼中泛起的泪光，我的心感觉酸酸的，我们即将到达疫情最严重的地方，所有的一切都是未知的，说不害怕不紧张，其实并不现实，说到底我们也是平凡的普通人，我们也会担忧也会害怕，但身上的白衣让我们又那么地与众不同。什么是没有硝烟的战场，武汉就是。什么是和平年代的战士？我们就是。一身白衣赋予了我们救死扶伤的崇高使命，那么我们就要用生命去完美地诠释它。

到了桃仙机场，人山人海的景象让我一瞬间就热血沸腾，各家医院的医疗队全部汇集在了这里。机场就像是一个小舞台，诠释着百态人生，见证着相聚别离。妻子抱着丈夫默默流泪；年幼的孩子哭喊着不让

与家人告别

爸爸妈妈离开;年迈的父母贴心地叮嘱,嘴上说着不要挂念,放心出征,可脸上的每一道皱纹都刻着担心牵挂;坚强的大男人眼含热泪送别自己的妻子,可能很多人从这一刻起才真正了解自己身边的女人,原本柔弱的身躯竟然蕴藏着巨大的能量。这一幕幕别离、一声声道别组成了一幅人世间至真至纯的感伤画卷。一个又一个团队喊起了加油鼓劲儿的口号,一瞬间机场内"武汉加油,中国加油"的声音此起彼伏,暂时冲淡了离别的感伤。

吴咏今院长和寇立红书记再次亲切嘱托:"现在是全国抗击疫情的关键时刻,你们要去的地方是重中之重,武汉就是没有硝烟的战场,你们作为医院的骨干、党员,能够在国家危难、人民需要的时候挺身而出,奔赴前线,是我们全院职工的榜样。希望你们在前方秉承'医者仁心'

的精神，充分展现医务工作者优秀的职业操守。同时一定要保护好自己，有困难及时联系医院，我们永远是你们坚强的后盾，我们和全院职工一起等待你们凯旋！"带着领导的鼓励、亲人的不舍，我们即将奔赴战场。我多么期望时间能够走得慢一些，让我和亲人再多相聚一会儿；我又期望时间能够走得快一些，因为武汉人民迫切地需要我们。

安检前，我狠狠地抱了一下儿子和老公，转过头就走了，没有说再见，没有再回头，一直到我坐上飞机，我都能够感觉到身后的目光如影随相。我知道，从此我的胸腔里跳动着三颗心脏，它们相依相伴，生死与共。坐上了飞机，大家才有空看看自己身边的同伴。虽然大家来自不同的医院，但认识或者不认识在此刻都不重要：因为我们有着一个共同的目的地，那就是武汉；我们有着一个共同的目标，那就是抗疫。此刻这个英雄的城市把我们紧紧地联系在了一起，从此风雨同舟，共克时艰。

下午到达了武汉天河机场。一下飞机，空荡荡的机场让我的心瞬间也空了下来，偌大的地方除了我们，就是一些机场的工作人员。拖着行李箱往机场外走的时候，到处都透着安静，没人说话的时候就听着行李箱发出"咕噜咕噜"的声音，感觉都带着回音。

坐上去往酒店的大巴，整个车程里除了我们，我没有见过一辆车，没有看到过一个人，所有街边的店铺都是关闭状态，仿佛就是一座空城。我虽然没有来过武汉，但我不止一次地从电视里、从网络上看到过它，说车水马龙、川流不息都不足以形容它的喧嚣繁华，可此刻它就这样静静地沉默着，沉默得让人心疼。不知行驶了多久，突然车里传来一阵阵的惊呼："看，黄鹤楼。"我望向窗外，看见它就那么静静地矗立在那里，古朴淡然，静默优雅，我的视线一下子就被它吸引过去，我完全没有想到路上会经过这里，我更没想到我盼望已久的地方就这样突然

大巴车途经黄鹤楼

出现在我的眼前。我匆匆拿起手机,只来得及拍了一张照片。听着身边的同事们发出一阵阵的赞叹,这一刻我多么希望自己是来旅行的,身边这些同事都是热情洋溢的游客,而不是以这样一种沉重的方式来到这里。

到了酒店,安顿好行李,我静静地打量着我的房间。我知道,未来很长一段时间,这里就是我的家。房间里有一扇很小的窗子,透过它可以看到酒店的院子和外面的大街。我打开窗子,静静地感受着武汉的晚风,看着外面空无一人的大街和隐隐暗下来的天色,我的心瞬间就坚定下来:我要和武汉人民同力协契,并肩作战!

武汉,别怕,我们来了!

2月10日

阴

今天是到达武汉的第二天。早上醒来我有一瞬间的恍惚,不知道自己是在什么地方。窗外传来一阵阵鸟儿的鸣叫,好听得让人有一种置身花园的感觉。多美的一座城市啊,只因病毒肆虐,整个城市都沉默了起来。我打开窗子,新鲜的空气争先恐后地涌进来,我的血一下子沸腾起来。我想起昨天在武汉天河机场见到的工作人员,那是一个很年轻的小伙子,看见我们非常热情,他说:"今天一共来了17个支援医疗队,你们都是英雄。"我说:"我们不是,你们坚守着一座城,你们才是英雄。"小伙子不好意思地笑了。其实从昨天到现在,所有我认识的不认识的人,每个人都说我是英雄,我知道我不是,我只是在做着天下每一个医护人员都会去做的事情,仅此而已。

今天我们医院七人组在感控勇哥的带领下,开展了关于感染防控和穿脱防护服

勇哥在酒店里开展关于感染防控和穿脱防护服的培训

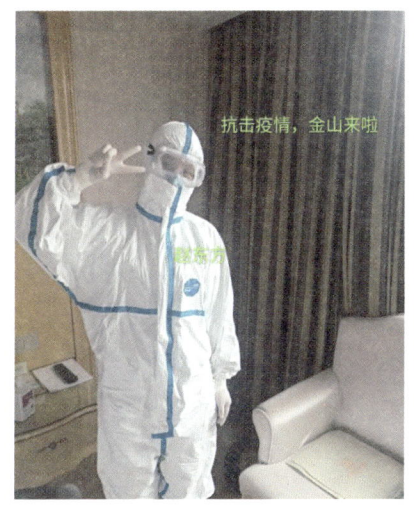 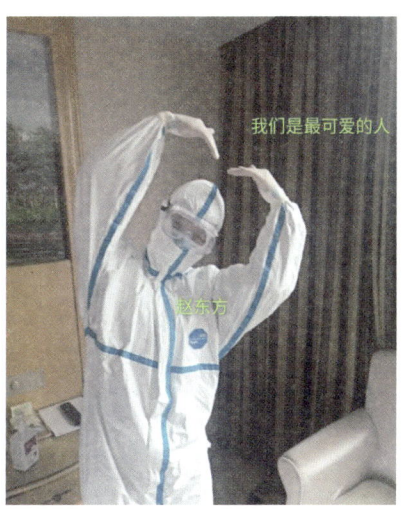

穿上防护服

的培训。60岁的勇哥，那么专业认真地指导我们，从冠状病毒传播途径到预防措施，从物表消毒到手卫生，从穿脱防护服到日常服装穿着消毒等等，每一项、每一点、每一步都细致入微，严格要求。大家也非常认真地练习，不放过任何一个细节。我知道，我们只有保护好自己，才能在这场战疫中拯救更多的人。我们团队中的另一位老大哥，55岁的心内科修国权主任，跟着我们年轻人一样反复练习，动作特别标准规范，令人敬佩。

口罩、手套、防护服、护目镜，一样样地穿戴起来，每一次练习下来都会满身大汗。我来之前设想过到了前线一定会非常辛苦，但没有亲身经历的人永远不会知道其中的艰辛。这还只是练习，我就感觉呼吸费力，视线模糊，行动不便，但我不会放松、不敢放松，也不能放松。我们肩负着医院的嘱托，肩负着辽宁人民的期许，我们代表的不再是自己，而是无数为之努力奋斗的家乡人民。

我们此行最小的妹妹袁菁,第一时间向我这个内科党支部书记递交了入党申请书,她说:"能够加入中国共产党是我这一生中最庄严最神圣的事情。"看着那张稚嫩的脸庞,我感受到无比的虔诚和神圣。我郑重地接过了她的入党申请书,第一时间上报给上级党组织,请组织批示。

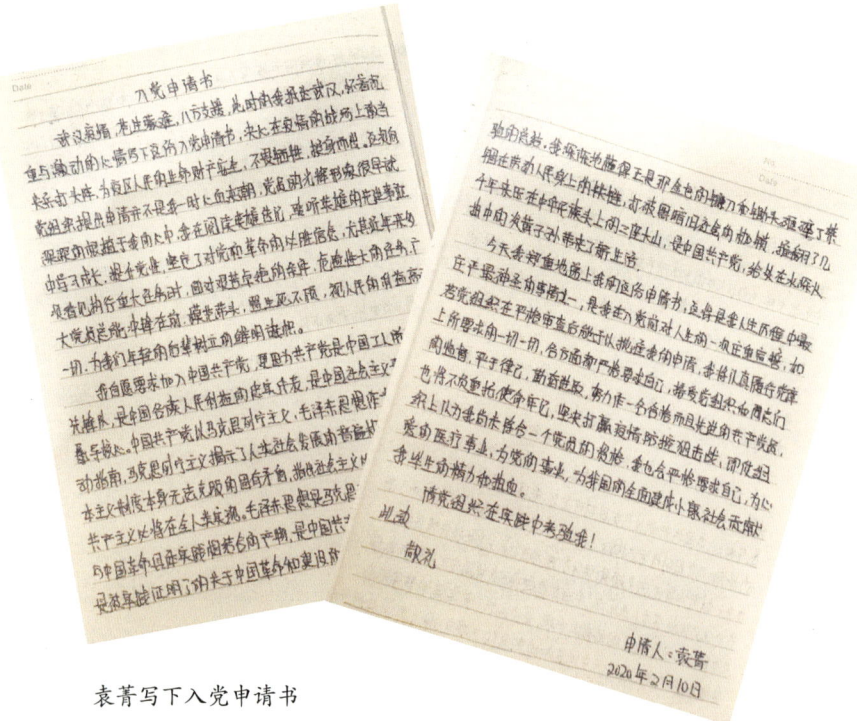

袁菁写下入党申请书

湖北省秭归县人民为我们送来了爱心果蔬

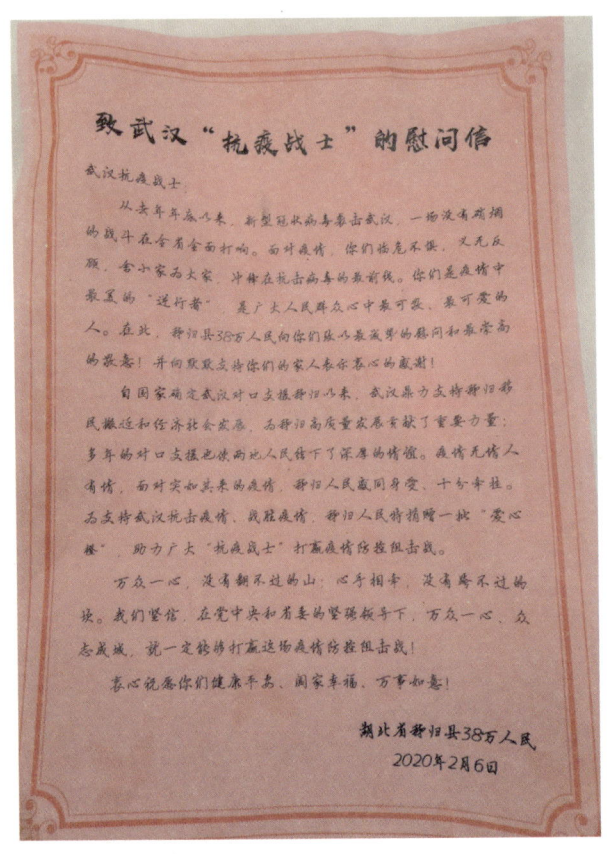

来自秭归县人民的暖心慰问信

晚餐的时候,我们感受到了湖北省秭归县人民的热情,爱心橙、西瓜、辣酱被成箱送到了我们暂时落脚的酒店,每箱附赠一封慰问信,向最美的逆行者致以最诚挚的谢意和最崇高的敬意。我的心瞬间就被温暖击中。在这场战疫中,我们有着太多太多的战友和同行者,我们不知道彼此是谁,但我们知道我们是为了谁而奋斗。

武汉加油,中国加油!待到樱花盛开,我们约好再相见!

2月11日

阴

今天醒得比较早,我感觉皮肤、眼睛都异常干燥,可能和空气中喷洒的消毒剂有关。武汉的天气温度虽然比东北要高,但室内还是感觉挺湿冷的。每晚睡觉都有一种冰火两重天的感觉,身下铺着电热毯,被窝里暖暖的,可一旦把胳膊伸出来,就会感觉"唰"的一下就凉了。虽然,每晚都在这种忽冷忽热的交替中入睡。但我知道良好的睡眠是保持体力和免疫力最好的方法,所以无论多难我都会保证充足的睡眠,以饱满的状态迎接挑战。

今天主要的任务是参加新冠肺炎的感染防控与个人防护知识的培训,这真的是重中之重。为我们授课的是国家卫健委院感培训专家组

出征前的防护知识培训

妹妹通过微信表达了她的关切

成员吴安华教授。吴教授从流行病学特点、防控技术、基本要求、医务人员防护、患者管理、防护用品的选择及使用等方面入手,由浅入深地耐心讲解,让大家能够充分了解我们的敌人,做到知己知彼,才能百战百胜。

妹妹今天又给我打电话了,她远在杭州,担心得不得了,每天都要问我:怎么样?累不累?是否安全?让我每天一定要给她报平安。是啊!表面上看,是我一个人出征,其实背后有着太多太多的牵挂与不舍,听着年纪轻轻的妹妹絮絮叨叨地叮嘱我,我的心总是一阵阵地发酸。

修国权主任在酒店内与家人通话

    同行的修国权主任也遇到了和我一样的情况。他此次火线出征，并未通知家乡的老人和哥哥，怕家人担心。但在信息发达的今天，这样善意的谎言只一天就被拆穿了。哥哥打来了电话，家人们在电话里泣不成声又努力安慰，老人说："孩子，你做的是对的，党培养了你那么多年，现在正是国家需要你的时候，你一定要在保护好自己的同时，全力救治病患，早日战胜疫情，我们等你平安凯旋。"同行的其他伙伴也都是每天被暖暖的问候包围着，这些关心的话语更坚定了我们战胜病毒的信心和勇气。是啊，这就是亲情，无论你离我有多远，我们的心都是在一起的。

    还有我的老患者鲍大爷，那么大岁数，视力也不好，就因为在新闻上看到了我的消息，就那么一个字一个字敲了好一阵子，发了信息给我，让我一定保护好自己，他等我胜利归来。我完全能够想象到，远在家乡的老人是怎样戴着老花镜，对着那小小的手机，诉说着对我的担心

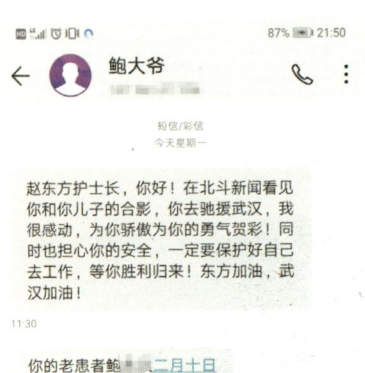

老患者鲍大爷发来的鼓励信息

和鼓励。我也在心里默默思考着：这样毫不犹豫、义无反顾地冲到了前线，我后悔吗？

思考过后我发现，我的心从来没有像现在这样平静过，我的头脑从来没有像此刻这样清醒着。有些事总要有人去做，有些责任总要有人去担当，那么我希望那个人是我。在如此危难之际，我一定要与武汉人民齐心协力，并肩作战。

很少有一个国家能够像中国这样，只需国家一声召唤，我们白衣战士，就从五湖四海聚到一起，为了一个共同的目标，众志成城，同舟共济，这将是我人生中难得的一次经历，更是我生命中最浓墨重彩的一笔，所以，我无怨无悔！

2月12日

晴

武汉的早晨，薄雾慢慢散去，可以清晰地看到一辆洒水车在喷洒消毒剂。干净的街道上偶尔可见两三个行人戴着口罩、帽子匆匆买菜归来。一阵阵的歌声随着我打开的窗子飘了进来："阳光路上，无限风光，前行的脚步日夜兼程，不可阻挡。"是啊！歌词多么符合我现在的心境，没有什么能够阻挡白衣战士的脚步，SARS不行，NCP（新型冠状病毒感染的肺炎暂命名的英文简称）同样不行，在这场战役中我们就是战

清晨的武汉街头，洒水车在喷洒消毒剂

金山医院雷神山临时党支部成立了

士,保卫人民的健康就是我们的责任。

今天我们成立了"金山医院雷神山临时党支部",我很荣幸被选举为支部书记。其实在整个队伍中,我不是党龄最长的,也不是经验最丰富的,更不是能力最强的,但大家信任我、支持我。有着23年党龄的老党员修国权主任语重心长地说:"东方有着7年基层支部书记的经验,已经能够非常成熟地处理支部的工作,把大家交给她我很放心。"队伍中的其他党员也恳切地说道:"东方是队伍中的中间力量,起到了承上启下的作用,希望东方能够肩负起大家的重托,把支部的工作做好。"四位护理姐妹们也举双手赞成。看着大家信任的目光,我百感交集,我知道作为支部书记,我只有更好地为大家服务,使党支部的战斗堡垒作用得到充分发挥,才能无愧于大家的信任和支持。

接下来我们召开了第一次支部会议,院党委寇书记通过视频与我们通话。她嘱咐我们,一定要切实发挥党支部的战斗堡垒作用和党员的先锋模范作用,担负起时代赋予白衣天使的光荣使命,发挥团队医疗优势,践行白衣战士的责任,保护好自己,打赢这场战役。大家表示一定要紧密团结在以习近平总书记为核心的党中央周围,秉承我们医护人员救死扶伤的宗旨和原则,坚定信心、同舟共济、科学防治、精准施策,以更坚定的信念、更顽强的意志、更果断的措施,坚决把疫情的势头遏制住,坚决打赢疫情防控阻击战。

我看着面前一张张生动而坚定的脸庞,仿佛看见了金戈铁马的战场,战马嘶吼,短兵相接,我们的白衣化作出征的战袍,听诊器化作金色的盾牌,手中的针化作锋利的宝剑……我们驰骋沙场,勇往直前,抗疫必胜。

2月13日

阴

早上起来洗衣服,从衣兜里看见了我的机票——一张没有姓名的机票,却见证了我这一生中最重要的旅程,铭记于心,无可替代。

今天我们紧急到雷神山医院集合,开始组建病区的工作。我们的团队来自于本溪、抚顺、丹东,原本我们并不相识,一个共同的奋斗目标将我们牵在了一起,很快我们融合成一个团体,仿佛是合作多年的战友,这应该就是辽宁精神、中国精神。

到了雷神山医院,大家都惊呆了,整个雷神山医院真的非常大,现场可以见到很多工程师、建筑工人、志愿者,每个人都井井有条地做着自己的工作。现场虽然一片忙碌景象,却井然有序,忙而不乱。

终于到达前线——雷神山医院

雷神山医院现场,工人们依然在紧张有序中工作

我在验收病房的过程中看见一位工人师傅正在打扫卫生，便随口和他聊了几句："师傅，你们每天很早就来吗？"他说："对呀，大家都很着急，特别想快点把病房建好，好快点让你们给病人治病。"我说："辛苦你们了，昨晚我们来的时候还不是这个样子，只一个晚上的时间就可以交付使用了，真的是中国速度啊！"我向师傅竖起了大拇指。工人师傅特别腼腆地笑了一下，朴实地回应我："不辛苦，这都是我们应该做的，我们节省一分钟，你们就能早一分钟救治患者，我们就是不眠不休，也要快点把病房建好。"说这话的时候，工人师傅的眼神中透露出坚定的光芒，让我的心就这么燃烧起来。我特别想给他拍张照片，他却说："我没做什么，别拍了，你们白衣天使才是最可爱的人。"结果我举起相机，却只拍到了工人师傅的背影。是啊，这就是我们的同胞，这就是我们的兄弟！

累了，就坐在地上休息

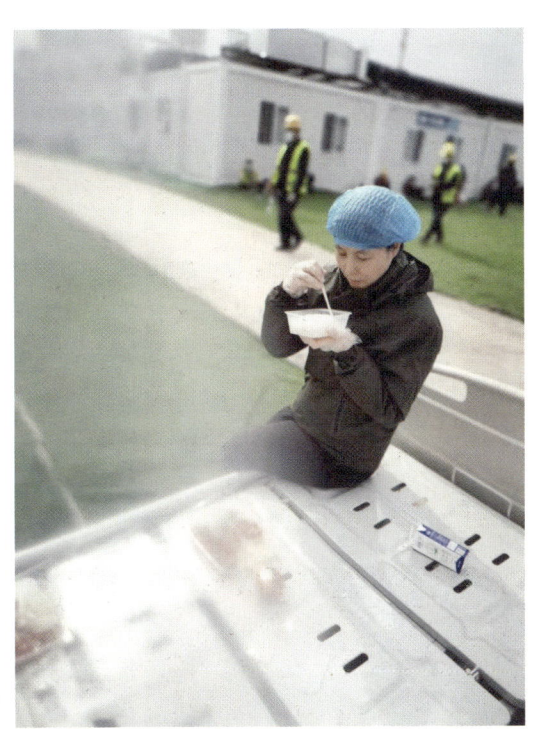

饿了,就在户外就餐

组建病区的工作真的非常辛苦,从早上10点到晚上10点,整整12个小时,我们都在雷神山现场工作,累了就坐在地上,饿了就在户外就餐。验收病房、检查装置、请领物资、搬运物资、摆放到位、整理床铺、学习使用电脑系统等等,大家都打起十二分精神,各司其职,一切都井井有条。

最让我们震撼的是,请领物资的时候,偌大的仓库里,摆满了各种各样的医疗设备,一排排一列列,宛如即将出征的士兵,等待着我们的检阅。我们再一次被中国震撼,被我们的祖国震撼,祖国的强大让我们如此自豪,祖国的团结让我们如此骄傲!

仓库内的医疗设备

夜色中的武汉

华灯初上,夜幕下的武汉美得如梦如幻,我再一次为这个美丽的城市而倾倒。而我眼前的雷神山依旧如白昼般明亮,我低头看着脚下的这片土地,这是我们为之战斗的地方;我抬头看着前方努力奋斗的队友,那是我们血脉相连的战友。我大踏步加入到队伍当中,无视黑夜,继续前行。我们是一群拿着没有名字的机票,翻越千山万水集结在这里的白色"特种兵",武汉人民给了我们一个共同的名字——"逆行"英雄。

2月14日

多云

今天早上闹钟响起来的时候,天还没有亮,我动了动酸痛得不行的胳膊,感觉起床有点吃力。昨天在雷神山组建病区,连续工作了12个小时,忙到半夜才回到酒店,今天再赶早起床,的确有点困难。不过今天与以往不同的是,早上一打开手机,就看到了老公的情人节红包,我才想起今天已经14号了,我来到武汉已经6天了。结婚18年,这是我们唯一一次情人节没有在一起,即使我们相隔千里,我们的心依然紧紧地连在一起。

为了晚上能够顺利开诊,我们一大早就又来到了雷神山,继续筹备工作。经过昨天一天战斗的洗礼,今天的团队配合得更加熟练和默契。一个有着36张床的病区,要求在两天内组建完毕,工作多到超乎想象。看着病区从无到有、从空荡荡到设施齐全,我的心也跟着一点点充实起来。虽然这个特殊的病区与我们平时的工

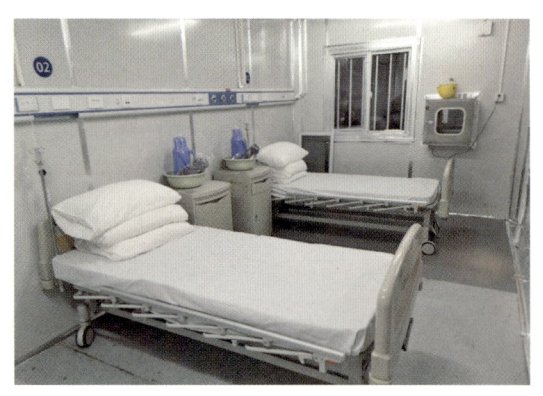

雷神山医院内的病床

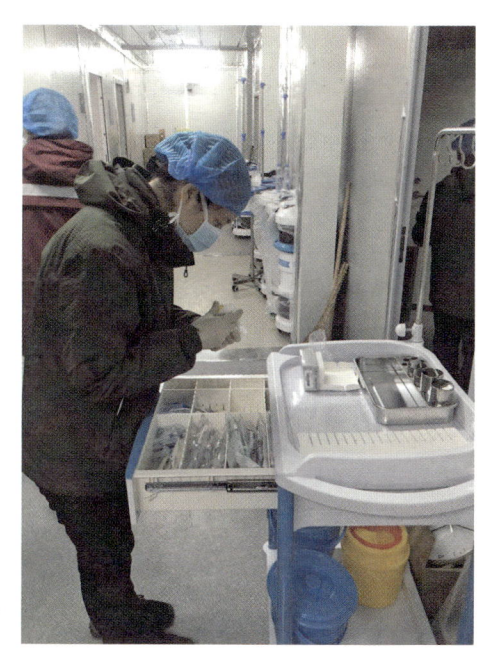

整理病区内的医疗用品

作环境不太一样,患者也是一个特殊的群体,但我们所有人为患者着想的火热的心是一如既往的。病区内的每一样设施我们都认真检查,每一项工作我们都亲力亲为,每一件物品我们都摆放到位,每一个细节我们都认真仔细对待。我的专业是肿瘤内科,人文关怀一直是我关注的重点,我认为人文关怀虽然不能改变患病的事实,但用心来温暖心、用心来打动心、用心来鼓励心,可以让患者在隔离治疗期间不再孤单,能够坚强地面对病毒,积极地配合治疗。

晚上10点30分,病区全部整理完毕,只留下夜班人员配合施工人员做负压病房最后的调试工作,准备迎接第一批患者,其他人员全部撤离病区。病区离车站还有很长一段距离,出来后我们发现外面已经是大雨滂沱,很多人都没有带伞,走到车站的时候大家已经浑身湿透,透

夜班人员配合施工人员做负压病房最后的调试工作

过雨幕可以看到一辆辆救护车正转运着患者,向雷神山驶来。今夜,辽宁人正式吹响冲锋的号角,冲到保卫武汉人民的第一线。

  回到酒店按照规范流程洗漱完毕,已经是晚上11点50分了,和老公发起视频,看到手机里他担心的眼神,雨夜的寒意瞬间就被驱散了。感谢你,亲爱的,是你的包容和大爱,给了我千里奔赴武汉的决心和勇气,你的爱就是我的铠甲,它让我的心温暖无比又刚毅坚强。

  陌上花开,我们再一起并肩沐浴暖阳!

2月16日

多云

今天早上醒的时候,闹钟还没有响。其实我们小组昨晚原本的排班应该是在前夜(20:00—2:00),应该由我们小组迎接第一批患者的到来,结果因为病区部分设施的问题,暂时没有收治患者,所以我们昨晚的班次就轮空了。病区预计在今天正式接收患者,要求我们今天除夜班外所有人员全体到岗。看了看时间,我艰难地从床上爬了起来,房

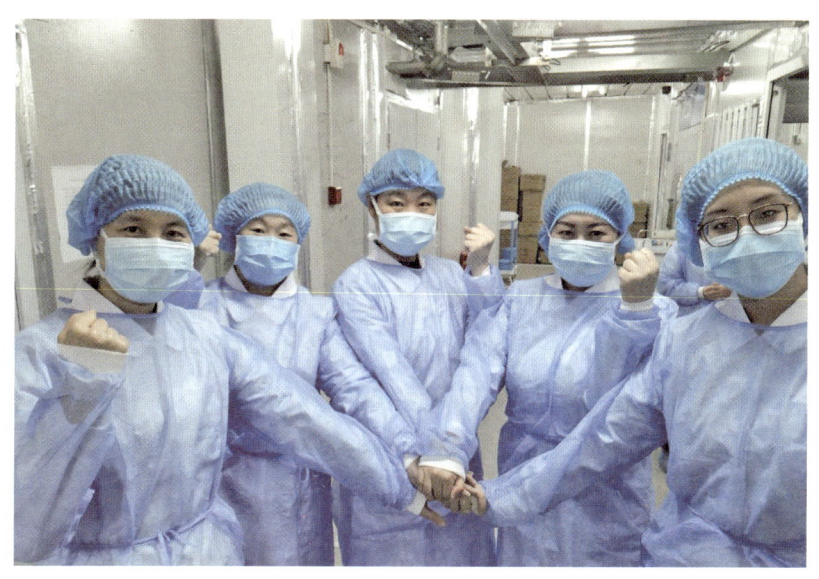

今天,我们正式走上了战场

间里面不开空调真的好冷啊，我活动了一下四肢，在地上跳了几下，期盼能够产生点热量，来帮我抵御寒冷。这几天组建病区，最长的一天连续工作了15个小时。除了吃午饭的时候我会喝上几口水，其他时间我基本不喝水，不上厕所，到了武汉以后才发现，原来我还有潜力可挖，能抗渴，能憋尿，可以不用纸尿裤，我觉得以后这也应该算个特长了。可能这几天太累了，导致我今天感觉整个人都疲乏得厉害，什么也不想干，就想躺在床上不起来。不过一想到今天我们A3病区就要正式接收患者，我们"逆行"千里，终于要在今天走上真正的战场，正式与新冠病毒短兵相接了，我马上感觉浑身充满了力量，整个人仿佛又活了过来。

匆匆赶到病区，我们跟着后勤人员从头到尾检查各种设施设备，保证其完好备用，能够按时接收患者。我和同组的小伙伴挨个病房检查负压装置，这非常重要。负压病房和我们普通的病房不同，在特殊的装置下，病房内的气压低于病房外的气压，这样的话，从空气流通方面来讲，就只有外面的新鲜空气可以流入病房，而病房内被污染过的空气就不会泄漏出去，而是通过专门的通道及时过滤后排放到固定的地方，这样病房外的地方就不会被污染，从而可以保护医护人员不被感染。当我正在一个一个病房检查的时候，一个工人师傅找到了我："妹子，我的手划破了，你可以帮我处理一下吗？"我看向他，他的右手手指被划破流血了，不过还好，看起来伤口不算深，我带着他快步走到办公室，帮他按照操作规程尽可能挤出伤口处的血，同时用流动的水反复冲洗伤口，再用肥皂水清洗，然后用碘伏消毒后妥善包扎固定。我嘱咐他这几天不要沾水，今天的工作尽量让其他的同事帮忙做一下，不然伤口再污染会很容易感染。他说："不行，我不能休息，这点伤不要紧，还是病房比较重要，患者比较重要。这么多人不眠不休昼夜赶工，为了什么？就是为了尽快收治患者，不能因为我一个人，耽误了工程的进度。"听了工人师傅朴实的话语,在场的很多人都被感动了。我们找来两副无菌手套细细帮他戴好,嘱咐他一定小心,因为只有保护好自己,才能够帮助更多的人。他坚定地点了点头,向我们道了声:"谢谢!"他快步离开了,很快融入了病房里工作的人流中,一下子就看不见了,可我却望着他离开的方向看了许久,感觉心里有一股股暖流在缓缓流淌。10天建立一所医院,在全世界看来都是不可能的,但中国的火神山医院就那么拔地而起。在世界惊叹的同时,13天的时间,我们雷神山医院也顺利交付使用。在世界看来,中国是一个不断创造奇迹的神奇国度,但在我们看来,这一切都是再正常不过的,因为无私无畏的中国人自古以来就是奇迹的缔造者,只要祖国需要、人民需要,14亿中国同胞会齐心协力,同舟共济。

下午4点左右我们病区接收了第一批患者。当天值班的人员已经全副武装在病区等候,其中包括我们医院的感控勇哥,还有病区的雪锦护士长。感控在整个病区中承担着重要的角色,每个班次洗手、穿脱防护服都要由感控来监督指导。千万不要小看其中任何一个环节,它们是我们阻断病毒入侵、避免感染的必要措施。正确洗手,佩戴口罩、手套,穿脱防护服,我们在培训期间已经进行了无数次操作演练,一个一个逐一被考核,合格通过

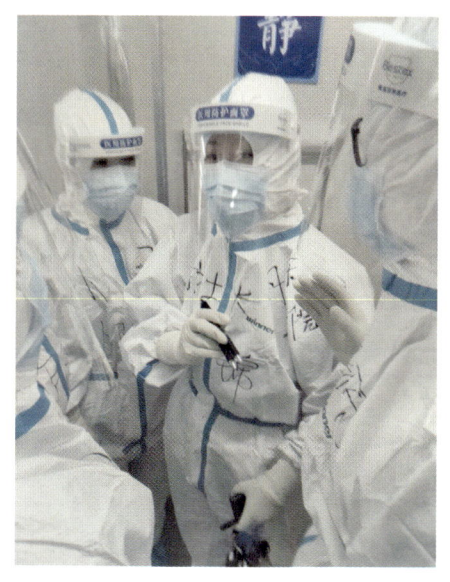

我们在防护服上写下彼此的名字

后方可上岗，这是我们在战场上保命的秘籍。脱防护服尤其重要，按照标准化操作流程进行：站位要准确，摘面屏和护目镜的时候要闭眼屏住呼吸，每脱一样就要认真地用七步洗手法洗手，卷防护服的时候一定注意不要污染里面的隔离衣和地面，摘口罩和帽子一定要按照标准手法，在一脱区（脱外层鞋套、面屏、护目镜、外科口罩、防护服、外层手套、靴套的区域）、二脱区（脱内层鞋套、隔离衣、内层手套的区域）、缓冲区（脱帽子、口罩，再更换口罩的区域）要按照规定进行操作，绝对不可以逆行……这些步骤要一直练到肌肉有了绝对正确的记忆，成为我们的一种本能，即使闭着眼睛都能够正常进行才可以。

雪锦护士长的年龄比我小，是一个有着圆圆脸庞、笑起来甜甜糯糯的小女人，性格非常开朗活泼，业务方面特别优秀。自从开始组建病区，大量的工作需要她协调，她几乎天天吃住在病区，请领物资、病区布局、统筹安排、人员班次、制度制定等工作，她都亲力亲为，极为辛苦。由于是第一次接收患者，她怕舱内值班的姐妹们紧张，也怕患者有病情变化或者发生一些突发状况，所以在所有人还在准备的时候，她第一个穿好了防护服，率先进入了病区，打响了A3病区抗疫的第一枪。

我们这些当天没有舱内班次的人员，则在清洁区待命，以便于应对突发的状况。通过清洁区的窗口可以看见我们病区的患者进入病房，周围护送患者的工作人员也是一样的全副武装。看着窗外，我有一瞬间的恍惚，关闭离汉通道、空无一人的街道、身着防护服的工作人员，一切都好像国际大片里的场景，但我知道，我们面临的现实与电影里截然不同：我们有着最伟大的祖国，给予我们实实在在的守护；我们有着最团结的同胞，组团为前线捐款捐物；我们有着最霸气的军队，哪里危险他们就去哪里；我们有着最给力的企业，人民需要什么，他们就造什么；我们有着最强悍的建筑队伍，他们被称为基建狂魔；我们有着最无

病区开始接收第一批患者

私的医护，她们被称为白衣战士；我们有着最无畏的人民，冲锋陷阵只需祖国一声召唤。

我看着病区一瞬间就住满了，至此A3病区正式吹响冲锋的号角，冲到了抗击疫情、保卫武汉的第一线。

晚上，汪丽丽和王营准时发来消息，询问我今天的情况。我们三个人是同学，也是最好的朋友，认识有二十多年了。我们一路从青春年少到成熟稳重，从身穿校服到白衣执甲，我们熟悉彼此就像熟悉自己。这些日子以来，互发消息几乎成为每天的必修课，不忙的时候我就多回几句，忙的时候，我根本顾不上她们，等忙完了想起来的时候通常已经深夜了，她们丝毫不介意地说："我们只要知道你每天都平安就好。"简简单单的一句话让我知道，这就是姐妹，这就是亲人——即使相隔万水千山，心始终连在一起；即使不能说上一句话，也明白我的所有处境。她们永远站在我能看见的地方，只要我需要，她们都在！

2月17—18日

晴

今天起床时,艳阳高照,整个人都感觉暖了起来。望着窗外,随处可见的风景都宛若画卷,美得让人不胜感叹。我从来没有想过会以这样一种方式来到武汉,但能够和这个英雄的城市一起坚守,能够在如此危难的时候陪伴在武汉人民的身边,无论哪种方式我都无怨无悔。

中午老公打来电话,说他的单位(本钢集团有限公司)和我的单位的领导和同志们分别组成了慰问团到家里慰问家属,并叮嘱他家里有什么困难一定第一时间联系他们,单位定会想办法帮助解决,不要让我在武汉有后顾之忧。领导、同志们的一番话说得我心里暖暖的,这让我们知道,我们不是一个人在战斗,我们并不孤单。

今天我的班次是后夜,凌晨2点接班,早上8点下班。凌晨的雷神山月明星稀,街上呼啸而过的车辆都是接送医护人员上下班的。顺着醒目的标识,我和同组小伙伴熟练地行走在医护通道中。我们

临时成立的四人工作小组

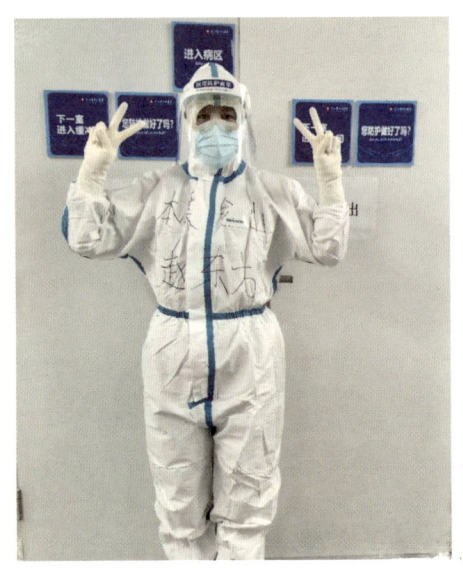

穿好防护服，进入病区

四个人是临时组成的小组，非常荣幸的，我被小伙伴们推举为组长，听着大家亲切地叫我"东方姐"，我感觉到了肩上的责任：我一定要履行组长的职责，照顾好每一个组员。

我穿上防护服，戴上护目镜和面屏，站在镜子前看了很久。这当然不是我穿过的最美的一套衣服，它不华丽，也不修身，甚至连我的脸都不能完全露出来，但它却是最令我为之骄傲的一身衣服，穿上它就意味着责任、爱与奉献。

进入病区前我感觉自己已做好了一切准备，但真的进入病区才知道，我所面对的艰辛真的超乎想象。首先就是通气问题。全副武装意味着没有任何缝隙，不活动的时候都感觉严重缺氧，呼吸费力，何况还要为患者输液，进行基础护理，观察病情变化，关注患者的心理状态，安抚个别患者紧张焦虑的情绪。工作一会儿就会感觉头晕、气短，N95口罩里的水蒸气都变成了小水滴，不停地滴下来。其次是行动不便的问题。防护服限制了我们行动的灵活性，每个人都好像在太空行走一样，必须缓慢一点才能保持身体的稳定性。加之头上戴着护目镜和面屏，刚戴的时候不觉得怎样，但戴了一段时间以后就会觉得那个松紧带好像围在头上的一个紧箍，感觉头疼得不行，一直到彻底麻木失去知觉才感觉好一些。

到了18号早上6点,我们小组需要为31名患者采血,这个人数占病房总人数的90%。我们还要为患者测量体温、血氧,发放口服药、早餐,协助部分行动不便的患者洗漱、上厕所,还要整理病志。这些在平时看来简单的工作,在这个特殊的病区里却进行得异常艰难。就单纯采血来说,我们就进行得非常困难:护目镜起了雾,根本看不清静脉,我只能从护目镜滴下水滴后暂时留下的清晰的缝隙间,抓紧时间扎止血带,选择静脉,消毒皮肤,穿刺采血,一气呵成。这考验的不仅仅是眼力,还有平时勤练专业技能的功底。我每进一个房间,都会微笑着和大家说:"早上好!昨晚睡得好吗?"我知道隔着口罩他们根本看不见我的微笑,但眼睛是骗不了人的,一双微笑的眼睛也同样可以带给人愉悦的心情。

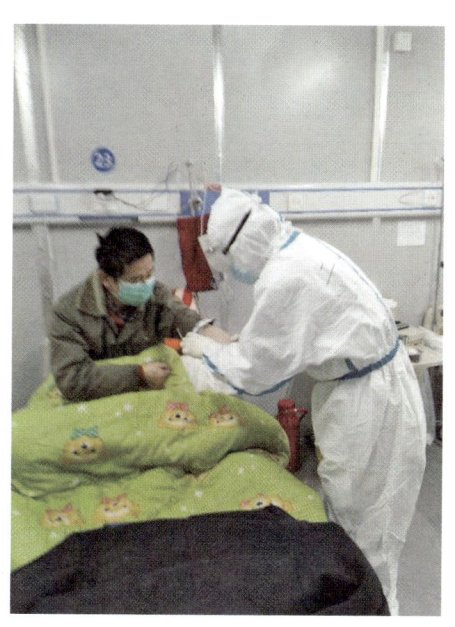

为患者采血

这是我做人文关怀和安宁疗护多年养成的习惯,无论自己有多累多苦,我都不会在患者面前表现出来,我带给他们的永远都是积极向上的正能量。

当我为一位患者采完血后,他开心地对我说:"你叫赵东方?"我说:"是的。"他说:"照耀东方,好名字。东方,我有个礼物想送给你们。"说着,他拿出了一幅画——《盼春图》。他说:"我知道要来雷神

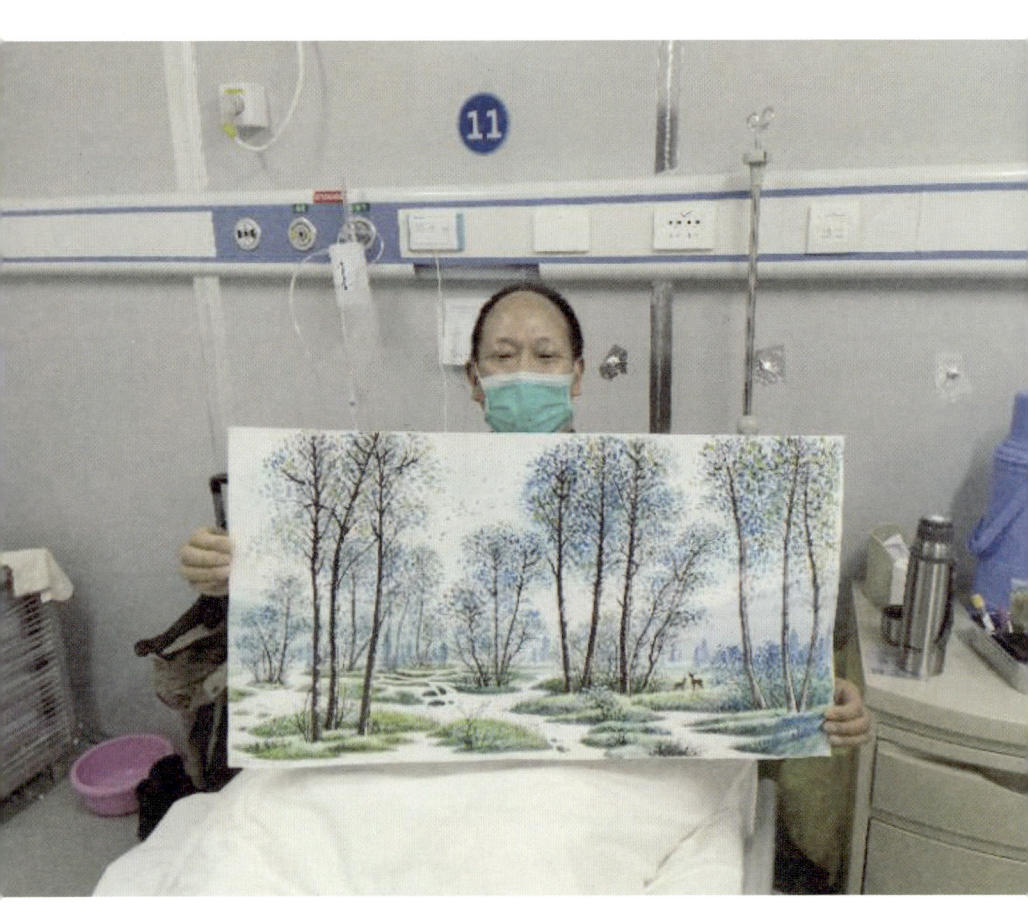

患者送给我们一幅画——《盼春图》

山以后，就赶着画这幅画，想着把它送给所有的白衣天使，今天看见你太好了。"我告诉患者，病区里的一切物品都不能带出去，但我可以把它拍下来，送给天下所有奋战在工作岗位上的白衣天使。他要我告诉大家：武汉人民感谢党和国家，感谢所有为之努力的医护人员。祝愿国泰民安，祝愿白衣天使健康幸福。春暖花开，我们再相见！

上午10点20分，我们小组终于完成所有的工作，走出病区来到外面。久违的阳光就那么温暖地照下来，我想起了那位患者的话：照耀东方，春暖花开，再相见。到那时我们都不再需要戴口罩，我们会给这座英雄的城市一个微笑的脸庞和一句轻声的问候：嗨，你好！武汉！

2月19日

阴

今天是来到武汉的第11天,我已经习惯了病区艰苦的工作环境和紧张的工作状态。早上起床,发现我的手全都脱皮了,疼得厉害,整个手变得惨不忍睹。人们常说:哪有什么岁月静好,只是有人在替你负重前行。以前不能理解,现在我就是那个负重前行的人,我不觉辛苦,甘之如饴。

今天我们组接替了孟焦和袁菁组的班次。我们同在一个病区,却因为不同的班次,几天没有见过面了。看着她们疲惫的样子和仿佛被水洗过的护目镜,我一句话也说不出来,只想让她们早点回去,好好洗个热水澡,睡上一觉。

今天病区里有31名患者复查CT,我和组里年龄最小的护士晓婉负责分批次带领患者做检查。患者年龄参差不齐,病情也有轻重之分,我俩快速评估患者,迅速地作出判断:1床的大爷可以照顾好自己,26床、29床的大爷需要暂时撤掉监护并协助整理衣服,33床的阿姨需要轮椅,37床的大爷需要搀扶……我俩配合默契,依次带领患者,与陪检人员准确交接,叮嘱患者戴好口罩、互相照顾,注意出去不要与其他人密切接触,避免交叉感染。同时指导已经回来的患者做好手卫生,外出衣物与其他物品分开放置。

我们病区有个特殊的小患者,她是一个3岁的小宝宝——小可乐,

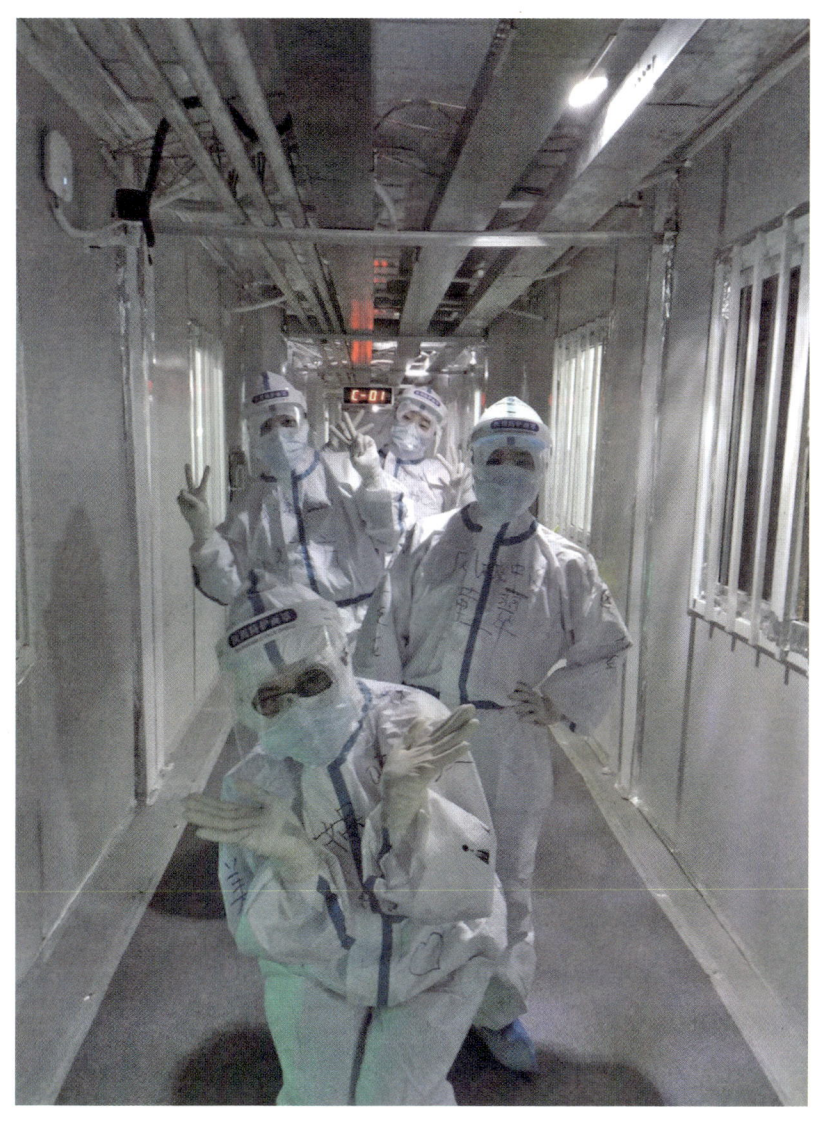

满怀热情,开始一天的工作

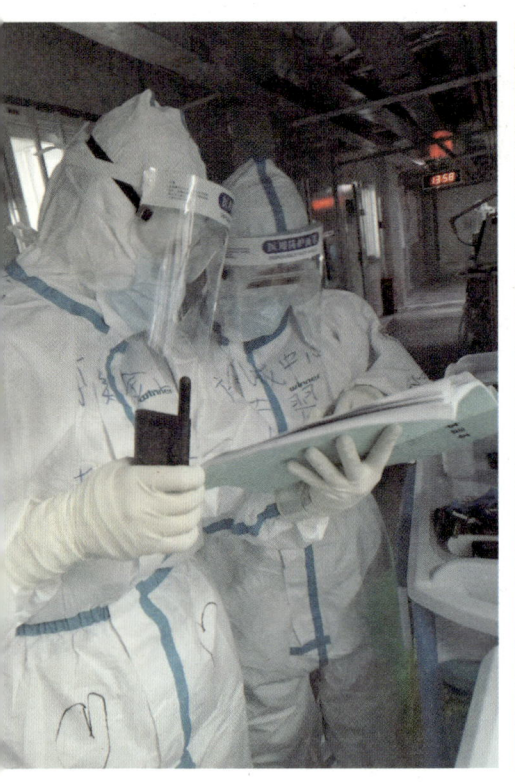 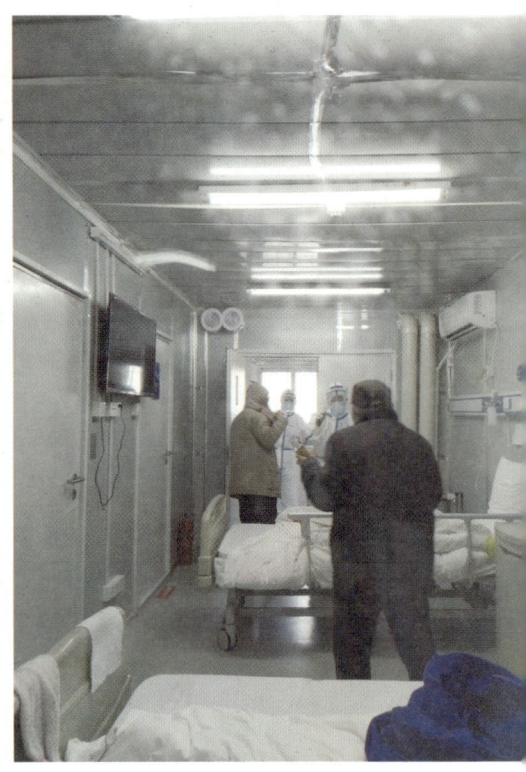

评估患者的情况　　　　　　　　　在病区内与患者沟通

她漂亮活泼可爱，像个小天使，和妈妈住在一间病房。妈妈要去做检查了，我们组其他两位组员娲娲和翠翠负责照顾她。孩子非常懂事，知道照顾她的阿姨每天非常辛苦，不停地给我们唱歌，说这是送给我们的礼物。我们看着眼前粉粉嫩嫩的小姑娘，还没有自己的孩子大，却被病魔暂时困在了这里，身边没有同龄的小伙伴，也不能自由地奔跑在阳光下，每天看得最多的不是蓝天白云，不是山川河流，不是阳光鲜花，而是我们这些全副武装、连脸都看不清楚的叔叔和阿姨。原谅我没有小姑娘的照片，我不想破坏孩子原本平静的生活，就让这段时光安静地留在孩子的记忆里就好。我站在窗外静静地看着孩子，轻声祈祷：唯愿时光清浅，将你温柔以待。

晚上下班，洗完澡躺到床上已经11点了，看到同事发过来的消息：本溪市援助湖北第四批医疗队明日出发，我们金山医院再次派出两名医护人员。我说不上来自己是一种什么样的感觉，既希望家乡有朋友过来，可以一解思乡之苦，又不希望再有人出征，平添许多担忧。只愿他们是最后一批驰援人员，愿时疫尽祛，再也不要有人千里出征。

明日如果阳光明媚，定会还世间一缕干净的空气，一次自由的呼吸，一抹灿烂的微笑，一个温暖的拥抱。只愿岁月静好，山河无恙。

2月21日

小雨

援鄂第13天,责1班次(8:00—14:00)是所有班次中起得最早的一个班。早上就开始下雨,每天准时响起的小鸟闹钟也不知道跑到哪里躲雨去了,今天居然没来叫我起床,奇怪。

责1的日常是非常繁忙的,很多工作都集中在早晨,输液、雾化吸入、打水、安慰情绪低落的患者,早上的处置刚告一段落,就看见李主任刚刚查完房,走了过来,护目镜上满是雾气。我们招呼主任休息一会儿再出舱。主任坐下来,我问他:"主任,你热不热?"主任喘着气说:"热啊,里面的洗手衣都湿透了,我才进来两个小时就这样了,你们护士要连续在舱里工作6个小时,可太不容易了,太辛苦了。"我说:"刚开始的时候也很难受,习惯了就好了。"主任向我们竖起大拇指,嘱咐我们工作时一定小心防护,照顾好患者的同时也要保护好自己。

这会儿暂时不忙,娲娲又站在窗外看小可乐了,最近的班次娲娲都是这样。娲娲家也有一个粉雕玉琢的小姑娘,所以从看见小可乐的第一天起娲娲的眼泪就没停止过。她总是心疼孩子小小的年纪却要忍受这样的痛苦和孤独,每次都想多花一些时间陪陪孩子,可又害怕频繁地进入病房会造成交叉感染。于是我们的每个班次,娲娲都会纠结半天以后,默默地站在窗口看着小可乐,隔着窗子陪她玩一会儿。不过让我们高兴的是,小可乐和妈妈一天天在好转,今天又做了核酸检测,如果结果连续为阴性的话，小可乐和妈妈应该很快就能够出院了，想到这里就让我们开心不已。

娲娲真实的名字叫茹娲，应该是取自女娲这位中国上古神话中的创世女神。她不但是补天救世的英雄和抟土造人的女神，还是一个创造万物的自然之神。我想叔叔阿姨一定希望自己的宝贝女儿能够成为补天女娲那样的女神，在我看来这个名字简直酷毙了，可娲娲却说："你不觉得我的名字很奇怪吗？"我不认同："怎么会？这么与众不同的名字，我们简直太喜欢了！"晓婉和翠翠表示非常赞同，娲娲则一脸的不能理解。真是有意思的娲娲，怎么会觉得自己的名字奇怪啊。

可能是今天的天气阴沉，"李画家"（即《盼春图》的作者）和同屋的张大爷有点闷闷的，为了让他们能够开心起来，我们利用工作的间

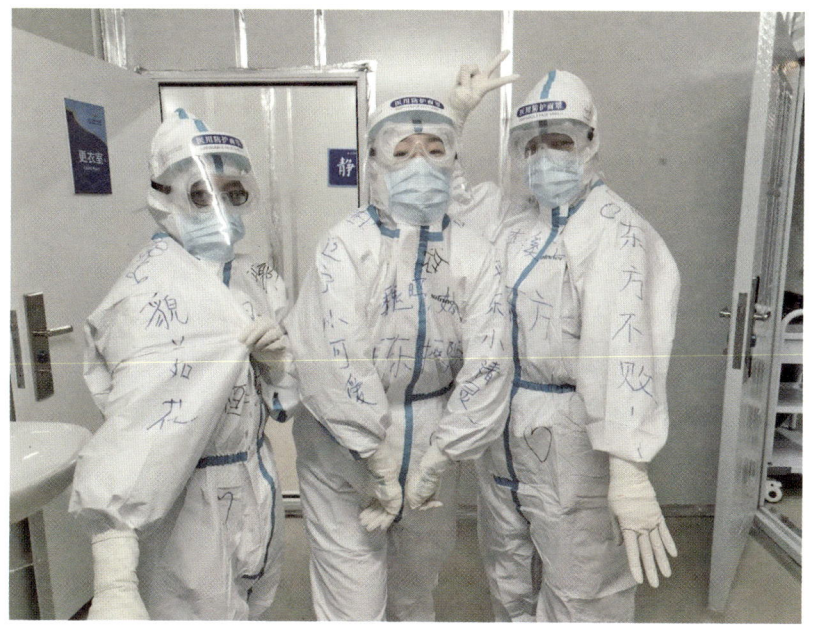

在艰难的环境中，我们更要保持积极乐观的心态

歇期间学了几个舞蹈动作，配上《野狼 disco》的音乐，看起来就很欢快。我们带着平板电脑来到病房，准备带领"李画家"和张大爷活动。我们告诉他们今天的活动内容跟平时有一些不一样，是一个舞蹈。他们一听这个新鲜啊，有意思。我们调整好平板电脑的角度，准备把跳舞的视频录下来，给他们留个纪念。音乐响起来，我们随着音乐摇摆，快乐起舞，病房内的气氛马上就欢快起来。虽然我们的动作并不专业，甚至连好看都算不上，但每一个人都跳得非常认真，一举手、一摆头，一板一眼。"李画家"还自创了一些动作，韵律感十足，和张大爷的动作互相配合，居然别有一番风味。

我站在后面，看着他们跟着音乐跳着、笑着，欢乐的笑声仿佛长了翅膀，自由自在地飞翔，这样的日子真好。我很庆幸，从我做护士以来，遇到了许许多多温暖的患者，他们给了我成长的动力和源泉。我更庆幸，此生我选择了护理专业，和许许多多的同伴一起，成为播撒爱和奉献的使者。其实护理本身就是一门最人文的科学，也是最科学的人文关怀。一名优秀的护士，需要的不仅仅是娴熟的技术，更需要一颗真诚善良的心，一颗实实在在为患者着想的心。护士有温度，护理才温暖。一名护士，未必是万能的，但必须是一个有温度的人；一名护士，未必知道所有的答案，但可以安静地陪伴在需要者的身边，用自己所有的一切为患者搭建一座爱的灯塔，指引他们前进的方向，让他们不再迷茫，不再彷徨。

下班了回去才知道，焦焦昨天上班的时候腰扭了一下，可是这个要强的妹妹居然一声不吭，贴上药膏继续战斗。大家心疼她，要替她上几个班，让她好好休息一下，可她说什么也不同意。我知道，大家的班次很难调开，如果要替班，势必会有连班的情况发生。虽然也就是连续进舱 12 小时而已，我们可以坚持，但焦焦坚决反对，反复强调她已经好了很多，可以自己上班。我们争不过她，决定一定要在生活上全力照顾她，让她可以尽量卧床休息。

下午看见病区的工作群里通知，今天我们病区的第一批清肺中药已经请领回来了，外围班次核对准确后，交给隔离区的小伙伴，已将药发给患者了。一会儿工夫就看见患者群里热闹了起来，大家收到中药都很开心，纷纷表示：祖国的中医中药学博大精深，具有非常悠久的历史传统和独特的技术方法，中药安全，副作用小。对于采用中西医结合的治疗方法大家非常认可，也一致认为治疗加调理，相信一定会很快好起来。

今天也是郑华和宋扬来到武汉的第2天。昨天她们跟随本溪市援助湖北第四批医疗队出发进驻武汉大学中南医院，虽然我们同在一座城市，但要想见面真的太难了，我们只能通过电话了解彼此的情况。

晚上，院长助理、护理部主任张桂英发来信息，询问我今天怎么样。其实这是每天的日常，从我们出发

为患者发放的清肺中药

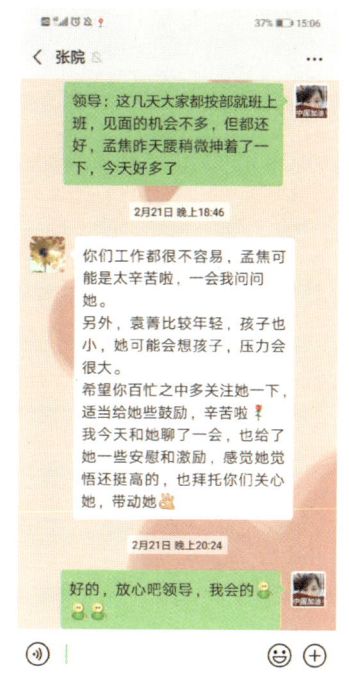

院长助理、护理部主任张桂英发来鼓励信息

那天起,领导的关怀就如影相随,从来没有间断过,每天都会问我:工作累不累?睡眠好不好?家里的老人身体怎么样?她叮嘱我一定要照顾好自己,家里的一切不用担心,她会帮我们看好家。我跟她说起焦焦腰扭到了,领导急得不行,嘱咐我一定好好照顾她,有任何情况一定及时联系她。听着领导暖暖的话语,我感觉很安心,透过小小的手机,我总会想象电话那端的她,该有多么的担心和牵挂啊!

人们常说:爱是万物根本,是人类灵魂,有了爱才有了世界。我们千里出征,家乡的惦念就从没有停止,这温暖的爱飞越千山万水,陪伴我们在武汉走过每一分每一秒,真好!

2月23日

多云

今天是到武汉的第 15 天了,时间过得真快啊!郑华和宋扬作为医院的第二批驰援武汉人员也已经顺利抵达 4 天了,虽然我们不在一起,但我们每天都互相沟通,知道彼此的消息让我们心里都很安心。

最近大家都有点惦念家里的父母孩子,虽相隔千里,但割不断的是骨肉亲情。孟焦、袁菁、张娜的孩子小,每天和宝贝视频的时候,孩子们甜甜地叫着妈妈,不止一遍地问妈妈什么时候能回来,恨不能让电话里的妈妈插上翅膀马上就飞回去,让我们心软得一塌糊涂。

修国权主任远在家乡的老人每天都要打来电话,仔仔细细地叮咛嘱咐:好好吃饭,多多睡觉,注意安全。每天都要听到修主任的保证后,老人才肯满足地挂断电话,开心得像个孩子。

人们常说隔辈亲,勇哥每天最想的就是自己的小孙女,有时候视频,就那么看着小孙女睡觉,勇哥都觉得心里甜甜的。

我和唐丽萍的孩子都大了,虽已过了黏人的年龄,但每次视频的时候,两个大小伙子总是迟迟不挂电话,平时总是酷酷的样子惜字如金,现在却絮絮叨叨仿佛小话痨,让人又温暖又窝心。

今天我的班次是前夜,我熟练地换上防护服,进入了病区。当我为一位大爷更换氧气湿化瓶的时候,他说:"我们特别感谢辽宁医疗队,你们在我们最需要的时候,抛家舍业到武汉来,你们是最棒的,我代表

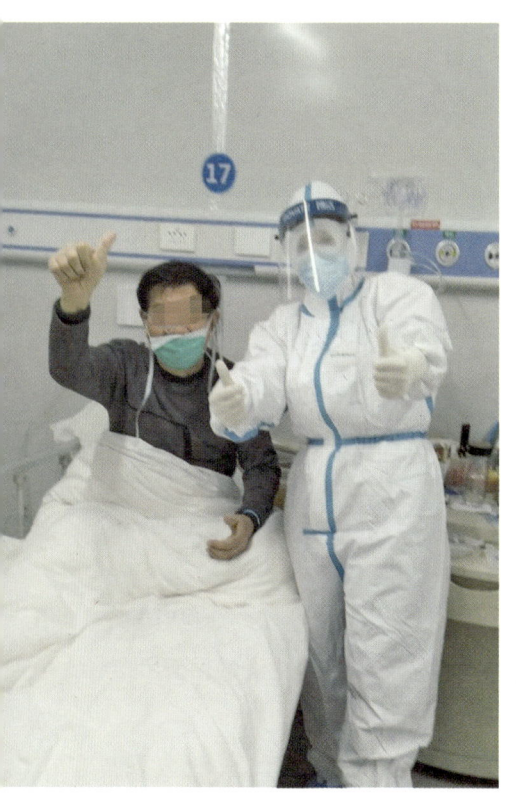 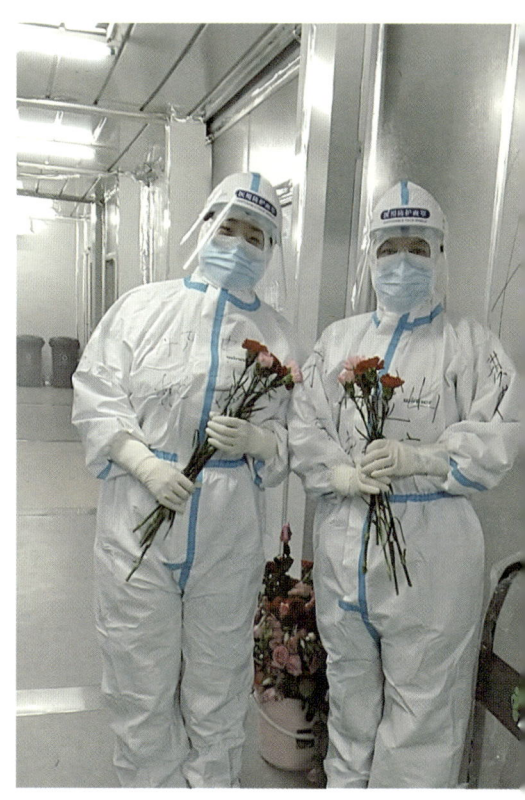

患者老大爷坚持要与我合影　　　　　　我们收到了表达感谢的鲜花

武汉人民感谢你们！"我笑着说："我们是医护人员，这些都是我们应该做的。"大爷却略带激动地说："不对，哪有什么应该，这些本不是你们应该做的，但你们还是千里迢迢地来了，我们感谢你们，感谢辽宁，谢谢！"大爷坚持和我合影，竖起的大拇指就么定格下来，永远地烙印在我的心上。

其实说到底我们也是血肉之躯，我们也是父母儿女，我们也有酸甜苦辣，我们也会担忧害怕。是什么样的信念让我们飞越千里，直达疫情最严重的地方？是什么样的理由让我们义无反顾，毫不犹豫？是我们身上的白衣，是我们肩上的责任，是我们心中的善良，是我们眼里的信念。

还有我们的父母、爱人、儿女、朋友，我们身后14亿中国人，他们的爱给了我们"逆行"的勇气，让我们可以超越时间，超越距离，超越自我。放心吧，我最亲爱的家人，我们一定会保护好自己，平安回家！

2月27日

阴转小雨

日子过得真快啊！我离开家已经整整19天了。今天的班次是责2（14:00—20:00），下班的时候我感觉疲惫不堪。每每脱掉防护服，摘掉护目镜，都会看到汗水浸透了里面的手术衣，头发也湿透了，紧紧贴在头皮上，整个人都像是水洗过的一样，说特别艰难都不足以形容我们的工作状态，没有亲身经历的人永远也不会了解，我们是一群用生命在努力挽救生命的人。

病房现在有两位重患，其中29床的大爷状态很差，偶有发热，乏力，进食差，行动不便，还有基础疾病：糖尿病。这个慈祥的老人总是一门心思地为我们着想，什么事情都不愿麻烦我们。老人视力不好，看不清体温计，却从来不肯让我们用体温枪，说是喜欢用水银体温计量体温，量完后总是戴着老花镜看上好久。我知道，他是不想让我们过多进入病房，不想让我们过多地去接触他，以免增加我们感染的机会。就连我们每次给他更换药

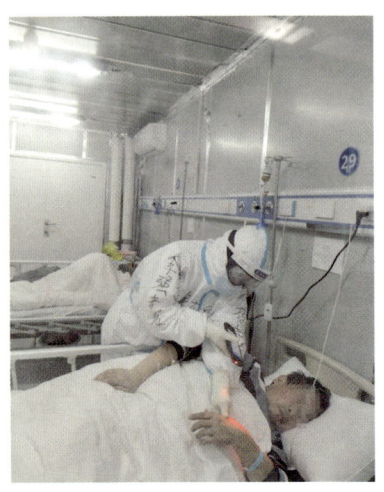

巡视病房

物的时候,他也总是把身子转过去,绝对不和我们面对面。我还记得上个夜班,我帮他更换氧气湿化瓶,他不断催促我动作快一点,少在病房里面停留。大爷这种默默的善良举动,让人无比心疼。有时候我会静静地站在窗外,看着大爷,给他无声的关心和鼓励,让大爷知道,他不是孤单一人,他还有我们,无论什么时候我们都会站在他的身边,给他安慰,为他分忧。

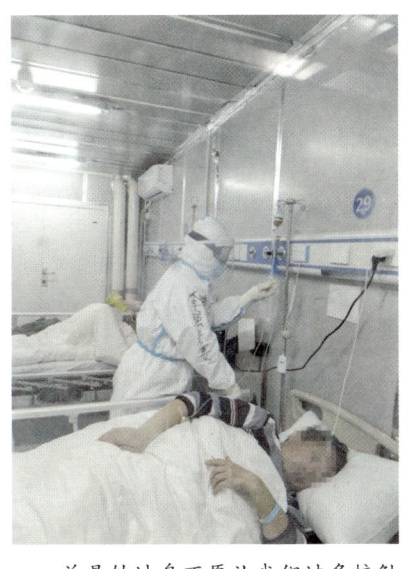

总是转过身不愿让我们过多接触自己的患者

晚上,中央人民广播电台的记者发给我一份音频选编文件,让我突然想起就在前几天,这位记者联系我,邀请我参加中央人民广播电台《中国之声》的"天使日记"的节目录制,希望我可以在节目中讲述自己工作中最难忘的一件事。于是我就转述了我们病区"李画家"的心愿,请中央人民广播电台帮我达成。"李画家"特别朴实平凡,他知道自己要到雷神山医院的时候,就赶着画了一幅画,委托我帮助他送给所有奋战在工作岗位上的白衣天使。我把画拍了下来,一直不知道用什么样的方式才可以让所有的医护人员都看到它,直到那天记者联系我,希望我参加节目的录制。在节目中,我讲述了这个温暖而难忘的故事,送给全国奋战在工作岗位上的白衣天使,让大家知道,在我们看不见的地方,一直有善良的人在默默地关心和鼓励着我们,使我们可以披袍摆甲,所向披靡。

马克·吐温说过:"善良,是一种世界通用的语言,它可以使盲人感到,聋人闻到。"是啊!生活中的确有很多的曲折和不易,有很多的苦难和艰辛,但善良会让生活充满温情和暖流,温暖自己的同时也温暖他人。武汉,一个有温度的城市;雷神山,一个代表着正能量的地标;善良,一个温暖的名词——共同组成了这国泰民安、繁花似锦的太平盛世!

2月29日

阴

冰心曾经说过：爱在左，同情在右，走在生命的两旁，随时撒种，随时开花，将这一径长途，点缀得香花弥漫，使穿枝拂叶的行人，踏着荆棘，不觉得痛苦，有泪可落，却不是悲凉。

今天是我到雷神山医院的第17天，我的班第一次赶上患者出院。早上接到主任的通知，我们开心地赶到病房，准备帮助患者收拾个人物品。可当我们到达病房的时候，患者已早早穿好了衣服，收拾好了已经消毒过的行李，像个小孩子一样乖乖地坐在病房里等我们来接他，我心里既开心又心酸。如果没有这场疫情，他现在应该自由地行走在武汉的街头，沐浴着阳光，陪伴着家人。我把雷神山医院出院祝福卡送给患者，他眯了眯眼睛，看得出来他在笑，虽然戴着口罩，但我知道这一定是世界上最美的笑容。

走到病区大门口，他停了下来，看了我们好一会儿，突然弯下

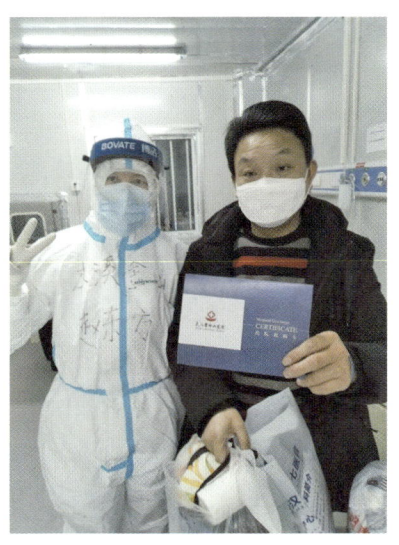

出院患者收到了医院的祝福卡

腰给我们鞠了三个躬:谢谢你们,谢谢辽宁!那一刻,我的泪水就那么肆意地流了下来,弄湿了我的护目镜,模糊了我的双眼。我知道,雷神山的一切和鞠躬不起的患者都将成为我最美的记忆,永远留在我心中最柔软的地方。

下班坐在回酒店的大巴车上,我的心还是久久不能平静。热情的司机师傅亲切地和我们打着招呼,问我们:累不累?吃的东西习不习惯?来武汉有没有什么不适应的地方?

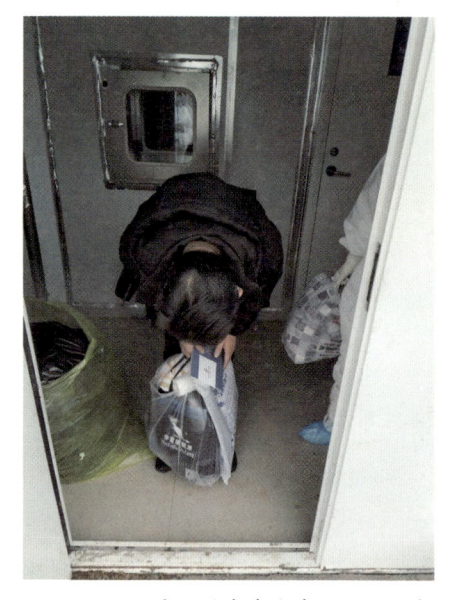

出院的患者向我们深深鞠躬

短暂的寒暄拉回了我的思绪,我们和司机攀谈了起来。我们问他:怎么想到来开接送医护人员的大巴?他说:"我是我们单位第一个自己请战过来的。我不像你们那么伟大,可以治病救人,我除了开车别的都不会,我就想着你们千里迢迢地来支援我们,来帮助我们,我一定要尽自己最大的能力为你们做点什么,所以我就来了。"我接着问他:那家里能走得开吗?他说:"家里就剩下老婆孩子,这个时候本应该守在他们身边,那天老婆打电话说家里都没菜了……"说到这里师傅有一瞬间的停顿,我听到了一丝哽咽,但一瞬间就消失了。他接着说道:"社区的工作人员会帮我的,我现在最主要的任务就是照顾好你们,安全地接送你们,你们是我们武汉人民心中的英雄,疫情一天不除,我就一直和你们并肩作战。"

坚守岗位的大巴车司机

我的眼泪一瞬间又流了下来。来到雷神山以后，一个个平凡的普通人给了我太多太多的震撼，他们中有护士、医生、建筑工人、保安、司机、老师……还有在我们背后，默默支持和鼓励我们的家人、朋友和陌生人，每个人都在尽自己最大的努力，在这场战疫中努力守护着这座城。

夜色如水，大巴平稳地载着我们行驶在宽阔的街道上。我知道，希望就在前方。胜利就在前方。加油，武汉！加油，中国！

3月3日

阴

每天早上都是在小鸟欢快的叫声中醒来。凌晨2点下夜班，本想睡个懒觉，结果还是早早被叫醒了，看来我的窗外住着一只勤快的小家伙。可当我打开窗子想要看看它的时候，它却总是不好意思地飞走了，仿佛只是单纯叫我起床的小闹钟，看到我醒了就如同按住了暂停键。

今天已经是我来到武汉的第24天了，虽然没有刻意去数日子，但数字每天都自然而然地出现在心里，如日历般准确。今天下午本溪市电台记者连线我，说是家乡亲人希望知道出征二十多天的我在武汉过得怎么样。让我没有想到的是，连线时我居然先听到了婆婆的声音，婆婆在电波中诉说着对我的思念和不舍，才听到声音，我的眼泪一下子就掉了下来，我伪装的坚强在那一瞬间溃不成军。离家二十多天，我何尝不想念家乡不思念亲人，上班的时候患者占据了我全部的心思，但一旦下了班，思念的潮水就会瞬间翻涌而至，爱人、孩子、亲人、朋友，会一瞬间涌上心头，填满我所有的思绪。但我清楚地知道，我的肩上担负着国家和人民的信任，担负着家乡亲人的重托，担负着白衣天使的使命。国家和人民把雷神山医院交给了我们，我们就要负起应有的责任，疫情一日不除，我就一直要与武汉齐心协力，并肩作战。思念在这一刻没有成为我前进的阻碍，反而成了我前行的动力，让我可以勇往直前，百战百胜。

电台连线结束，我才看到病区患者群里发了很多张照片，全是武汉的美景，盛开的樱花、温暖的午后，美得仿佛一幅幅精致的画卷。患者们盛情邀请我们辽宁医疗队一定要在疫情过后再来到武汉，他们会做我们的向导，带我们游览武汉的盛世美景，好好看看我们用生命守护的这座美丽城市。

前些天我的班送出院的患者也发来消息，说要把我们的名字都记到他的日记上，铭记这段大家在一起并肩战斗的岁月。其实在我们漫长的人生道路上，现在经历的一切只是其中的一部分，但于我而言，这是我生命中不可或缺、永远铭记的一部分，相信于患者而言亦如是。

我望着窗外，太阳躲了起来，但我坚信很快我们就能撕破乌云，还大家一片明媚灿烂的晴空。因为，有那么一群人，身穿白衣不远千里，聚集在一座城，持利剑、斩"妖魔"。月余，"妖魔"尽，城安。期待此后万年，世间皆安！

看向窗外，展望晴空

3月6日

小雨

今天是我来到武汉的第27天。早上醒来一打开手机,铺天盖地的微信信息就一股脑儿地涌了进来,都是同事、朋友、亲戚发来的央视新闻播出的对我的采访内容。大家发过来的有照片有视频,都是他们早上看新闻的时候拍的、录的,还有很多陌生人发过来了加好友的申请。

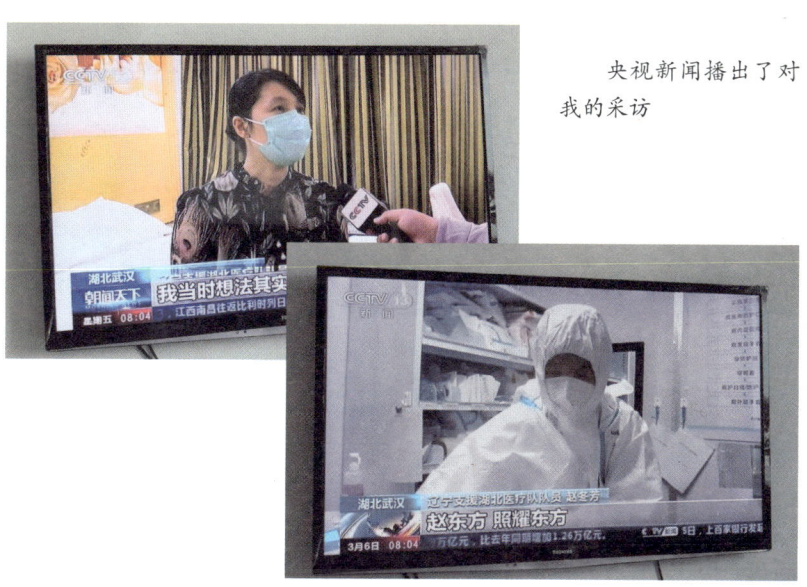

央视新闻播出了对我的采访

患者绘制了鼓舞士气的漫画

我睡眼蒙眬，脑子有一瞬间的死机，没想明白是怎么一回事儿。缓了一会儿才想起来，前两天央视记者徐之昊和摄像殷亮找到我，说想做一期人物专访，已经按照采访规定流程向雷神山医院申请报备过了。正好赶上那天我上夜班，他们可以跟我到病区进行实地采访。我当时就急了："进舱采访？不行，那太危险了。"小徐说："姐，我知道，但这是我们的工作，也是我们的职责，我们有责任把前线医护人员的付出完整地呈现给全国的观众。让大家通过央视的镜头了解你们，了解雷神山，同时也把你们满满的正能量传递给所有的中国人。"小徐很年轻，是一个高高壮壮的小伙子，看起来特别活泼，但他说这些话的时候神情非常认真，话语中的坚定让我竟没有办法再说出拒绝的话，我把目光移向旁边的摄像殷亮，期望他能够理解我的担忧，结果看到他向我坚定地点了点头说："我们从雷神山开始组建就一直在那里，那里是你们的战场，也是我们的。"看着面前的他们神采奕奕，态度坚定，我知道自己再也无法拒绝。我迅速向病区主任护士长汇报情况，通过了申请，下午我们在酒店完成了部分采访工作，晚上我带着他们开始了一个特殊的班次。

到了病区进行进舱准备，我向他们反复强调手卫生以及正确穿脱防护服的重要性，他们表示一定会听从我的指挥，绝不私自行动。我还现场考核了两个人怎样使用七步洗手法。看着他们熟练而又正规的操作，我的眼睛有些湿润，这种熟练程度一看就是经过了无数次实践才能达到的。他们的职业平时和医疗护理根本没有交集，但一场疫情却把我们大家团结在了雷神山医院，成为并肩战斗的战友。看着殷亮摆弄着手中的摄像机，我说："它也进去吗？"他说："当然，它是我们的小伙伴。"最后在护士长和感控专员的指导下，我们用感染性医疗废物袋给摄像机自制了一件"专属防护服"，带着它进入了病区。

在这里我第一次知道了，我们在电视里看到的新闻画面有多完美，在镜头后面的他们就有多不易。人们常说"台上一分钟，台下十年功"，为了给观众呈现完整的战疫记录，他们——敬业的新闻人，背后所付出的艰辛和所承担的风险不言而喻。因为要为大家展示的是真实的纪录片，所以虽然大家看到的成片只有几分钟，但是他们却跟着我在病区里整整工作了两个多小时，拍摄的全部都是我们真实的日常。拍摄工作结束，在一脱区里脱防护服的时候，我把我的工作暂时拜托给了同组的小伙伴，全程跟着他们。我们有规定，为了避免感染，每次只允许一人脱防护服，绝对不允许两人或者多人一起脱。殷亮还好一些，他比较瘦，完成得还算迅速，先进入了二脱区。小徐就比较辛苦了，一米八三的身高，壮壮的，脱的时候就听见他的呼吸音特别明显，可把这小伙子累坏了，尤其是靴套特别紧，防护服一路卷到靴套这个位置，需要连着防护服一起把它们脱下来的时候真的很费劲。小徐蹲下来"呼哧呼哧"脱了好半天才脱下来一只脚，然后就蹲在那儿一边喘一边说："姐，我得歇一会儿。"每过一关我们还得处理一下摄像机，喷洒84消毒液，套双层感染性废物袋，一路过关斩将，等我们三个人从一脱区、二脱区、缓冲区折腾完出来的时候，已经是深夜了。我带着他们到了院区。夜晚凉风徐徐，我们的衣服都是湿透的，风吹在身上，让人不由自主地打起了寒战。接下来我们开始用酒精进行全身喷洒消毒，看着他们从车里拿出的酒精喷壶，我震撼了好一会儿，好大一瓶啊，简直就像个小水箱，这可真是有备而来啊。他们熟练地互相喷洒，从头到脚，没有一处遗漏，他们说这些日子每天出入病区都是这么过来的。他们还配备了紫外线灯，每次回到酒店都会把全身的衣服照射消毒后进行清洗，同时照射消毒摄像机和话筒。我向他们竖起了大拇指，给了他们一个大大的赞，看似粗心大意的大男人，其实感控细节方面做得真的无可挑剔。

望着眼前的两个人,他们浑身上下被酒精喷洒过,没有一处干的地方,我的心里感慨万千:虽然大家的职业不同,但我们却在此刻、在武汉、在雷神山,用自己的生命书写着我们无悔的人生,大家都说我们医护人员是英雄,可在我的心里,他们何尝不是。

思绪翻飞间,我们医院退休的田姨给我发了一条消息过来,上面是一首小诗,是田姨的同学特意为我所作:

赞赵东方

驭马逆行,英雄何处?本溪金山医院。

为你低吟一首诗,巾帼女,须眉不让。

生死关头,血肉之躯,筑起铁壁铜墙。

危机时刻勇担当,有你在,太阳东方。

是啊!太阳从东方升起,像一炉沸腾的钢水,喷薄而出,光芒万丈,有它照耀的地方,一切黑暗都将无所遁形。挥戈回日,我们优秀的中华儿女势不可挡,必将力挽狂澜,百战百胜。我很庆幸自己是他们中的一员!

3月8日

小雨

援鄂第29天。听到了太多的感恩和感谢,大家提到最多的词就是英雄、境界、伟大,以至于我每天都在反复思考:生命最高的境界到底是什么?直到今天早上我看了一篇文章说,生命的最高境界,就一个字:给。

高尔基在给儿子的信中写道:"如果你不管在什么时候,什么地方,留给人们的都是美好的东西;像鲜花啦,好的思想啦,还有对你的美好回忆啦,那你的生活该有多么愉快啊!那时候,你会感到所有的人都需要你,这种感觉使你成为一个心灵丰富的人。要知道,给,永远比拿愉快。"我想学会"给",应该是我们一生之中最重要的必修课。

在写下请战书之前,我从来没有想到会来到这样一个英雄的城市,也没有想到会那么近距离地感受到"给"的美好,更没有想到我的身边全是满满的正能量。

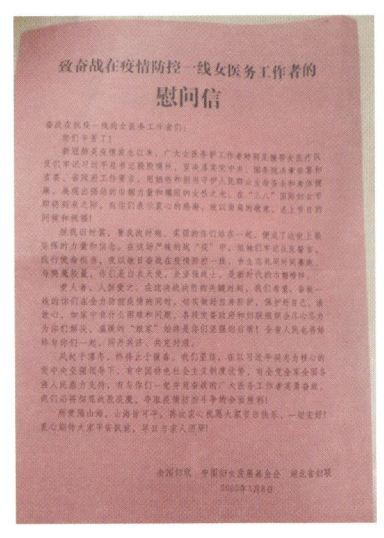

我们收到了来自妇联等单位的慰问信

患者绘制了赞美医患之情的漫画

今天是"女神节",这是我过得最有意义、毕生难忘的一个女神节。我们组刚好今日值班,昨天大家就在病区的大群里商量着今天要给患者一个惊喜,让大家虽然身在隔离病房,却能够医患联欢,隔身不隔心。我们精心排练了舞蹈送给患者,防护服代替了美丽的裙子,护目镜遮挡了如水的美目,双层手套把一双双玉手挡得严严实实。说实在的,这身装扮怎么看,和美都搭不上关系,但就是那么光芒四射,让人挪不开双眼。这样的我们美得光彩夺目,美得动人心魄,美得独一无二。患者跟着我们翩翩起舞,忘却了焦虑,忘却了恐惧,忘却了孤独,留下的只有美好的回忆和满满的快乐。

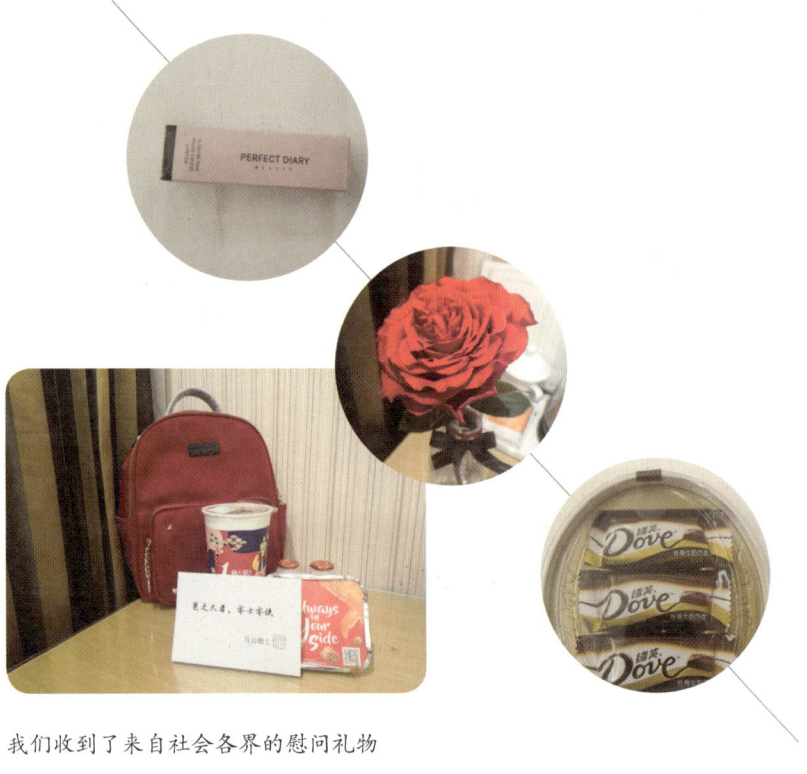

我们收到了来自社会各界的慰问礼物

一句句赞美被患者通通打包全部送"给"了我们,一颗颗的真心又被我们精美包装后全部赠"给"了患者,我终于明白了生命最高的境界只有一个字,那就是"给"。赠人玫瑰,手有余香。"给"永远比"拿"更让人愉悦和幸福。

晚上我们收到了社会各界送给我们的暖心礼物,一件件精心准备的礼物,一句句温暖动人的话语,给予我们无限的关怀和鼓励,让我的心瞬间被感动,有人惦念的感觉真好。

巴金说:生命的意义在于付出,在于给予,而不是在于接受,也不是在于争取。"给"像一缕阳光,刚刚好,恰恰暖。为值得的人给予,为正确的事付出。那些我们给别人的甜,最终会化成温暖和希望,照亮彼此前行的方向,最终抵达胜利的彼岸。

3月9日

小雨

今天是一个特殊的日子,我们辽宁省第五批援鄂医疗队满月了。满月又称弥月,在中国民俗礼仪中,通常指的是婴儿出生满一个月时,亲朋好友会相聚一堂,共同庆贺,大家会送上各种美好的祝福和礼物,期盼这个美好的生命健康成长,快乐幸福,一生无忧。

在武汉雷神山医院A3病区的这个大家庭里,我们每个人都如同初生的婴儿一样,彼此依赖,共同成长。这个家给了我们温暖和勇气,给了我们自信和鼓励,让我们从呱呱坠地到健步如飞,从牙牙学语到侃侃而谈,从懵懂无知到独当一面。今天,我们终于满月啦!

还记得刚到武汉的日子,我对于新冠肺炎的认知只停留在理论层面上,根本没有实际操作的经验——即便是在发热门诊,我们也并没有真正接触过确诊新冠肺炎的患者。我迫切地希望自己能够尽快成长起来,尽自己最大的努力去帮助所有的人,于是我抓紧每一分每一秒,像一块海绵一样,每天拼命吸收新的知识和技能。

病区开诊后,新的环境、新的同事、新的工作方式,一切都是崭新的,一切都需要我重新学习和适应。我迅速调整自己的状态,以最饱满的热情迎接新的挑战,因为紧张的局势根本不会给我们留一分一秒的熟悉和适应的时间,狡猾的病毒更不会让我们有一丝一毫的休息和放松。开诊当天,患者大量涌入,病房一瞬间就全部住满,大家都是第一次在这样的环境下工作,难免有些紧张忙乱,可是看着患者被病痛折磨的痛苦脸庞,大家的心里就只剩下了心疼。心疼患者不但要承受身体上的病痛,还要面对住院期间的孤独。大家只想尽快帮助患者解决身体上的病痛,同时给予精神上的抚慰。

可很快,大家就发现了一个新问题,那就是有的患者说着当地的方言,完全不会讲普通话,我们根本无法沟通交流,别说是抚慰心灵了,就是简单地询问病史、了解病情都异常困难。尤其是叶大爷,说五句话,我们有四句都听不懂,剩下那一句也是连比画带猜。不过好在有隔壁床的大爷,他简直就是一个优秀的翻译家,他的普通话说得非常好,会在我们之间担任翻译的角色,让我们的诊疗和护理工作通通进行得非常顺利。他被我们亲切地称呼为"最佳翻译官"。

还有病区的"李画家",为了赶在出院之前完成送给我们病区的礼物——"李宗祥漫画集",每天都废寝忘食地作画。我们几乎天天都批评他,嘱咐他一定要好好休息,保持规律的生活,这样才能有助于身体的康复。他总是一边笑着答应,一边偷偷地接着画,像个调皮的小孩子似的,每天跟我们打"游击战",弄得大家哭笑不得,常常强制性让他休息。不过画家的漫画画得真的非常好,简单勾勒的画面下,每一个人物都特别传神,每一幅画所表达的中心思想都非常饱满,透露着满满的正能量,让每一个看到的人都深受鼓舞,感觉浑身充满了力量。

还有我们病区的生活委员华姐,她是我们的大家长,负责我们所有人的衣食住行、物资配备,包括患者的日常生活,也都是由她来打理。我们常说,这项工作看起来简单,其实特别琐碎,病区里每天需要多少物资,大到防护服、口罩这些重要物资,小到一卷胶布一支笔,她都能做到心中有数,既保证大家能够正常使用物资,又能坚决杜绝浪费。每天病区和酒店分别有多少人,她更是清楚明白,保证一日三餐准时送达。病区的患者哪些需要糖尿病餐，哪些年龄过大需要软食，哪些不吃荤食需要素餐，她从来都没有弄错过，好像电脑设定好的一样准确。为了让大家不把时间耽误在路上，华姐和后勤领导反复沟通，计算车程和穿脱防护服的平均时间，不断调整，最终确定下来的接送时间让大家既能保证充分休息又能按时上下班，这让我们佩服得五体投地。这不但需要与院里的各个部门反复沟通协调，还需要拥有敏锐的观察力和细心的洞察力，才能够及时发现大家工作和生活中存在的问题。这些工作量其实很大，尤其是对于华姐这个糖尿病人来说，更是不容易。一个月下来，我们被华姐照顾得无微不至。对于华姐的细心周到，大家都笑着夸道：回家的时候什么都不要，但一定要把华姐带回家。

还有我们四个人的组合——"东方婉茹翠组合"。青春飞扬，天真善良，团队中最年轻的成员、整个团队的开心果——魏晓婉；成熟稳重，幽默风趣，典型的东北小姐，"好看的皮囊千篇一律，有趣的灵魂万里挑一"，说的就是她——董翠；性格开朗，热情真诚，拥有一个最炫酷的名字，整个人却如水晶般清澈透明，让人一眼就能望到底——茹娲；性格不像看起来那样内向，脾气不像看起来那样温柔，对于洗手和戴口罩有着自己独特的一套流程，执着得让人崩溃，最喜欢做的事就是睡觉，人称"觉主"——赵东方。"东方婉茹翠组合"经过了最初的忙乱和毫无默契，到现在的珠联璧合、

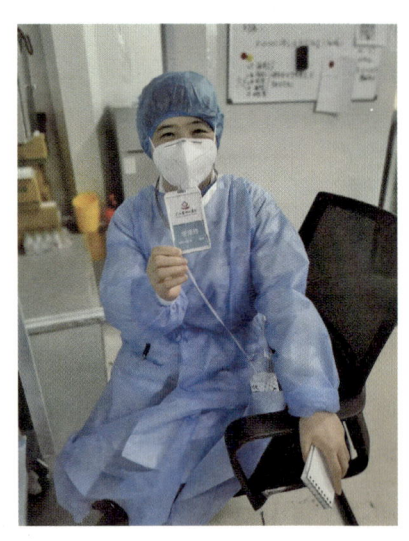

和同事在雷神山医院拍下纪念照片

相处融洽，成了一支非常有战斗力的团队。

一个月的时间，我们医护之间，我们和患者之间，都建立了非常深厚的感情基础。还记得3月7日我参加湖北卫视的"众志成城抗疫情"特别节目《铿锵玫瑰别样红》录制的时候，在录制间歇，主持人和我闲聊的时候问我："东方，你怎么看待你们和患者之间的关系？"我记得我当时是这样回答的："我觉得应该是同行者的关系。人的一生就如同一条漫

我来到湖北电视台录制抗疫节目

长的道路，大概要遇到2920万人，一路上每天跟数不清的人擦肩而过，亦会跟无数的人同行。这些人有我们的亲朋好友，当然更多的是陌生人，也包括患者。我们一路同行相互陪伴，在这种温情的陪伴中，获得生命的救赎与释然，从而可以让彼此随时都能够卸下心里的包袱，轻装上路。也正是他们才组成了我们生命最完整的一生。"

其实无论是医护之间也好，还是医护和患者之间也罢，也许我们只能同行很短的一段路程，也许我们以后再也没有见面的机会，可那又有什么关系呢？毕竟此生我们同行过，我们努力过，我们一起拼过命，我们彼此成全过，这段光辉的岁月必将载入我们的人生史册，必将在我们的生命中留下最动人的一首乐章。余下的岁月，让我们彼此惦念，各自安好！

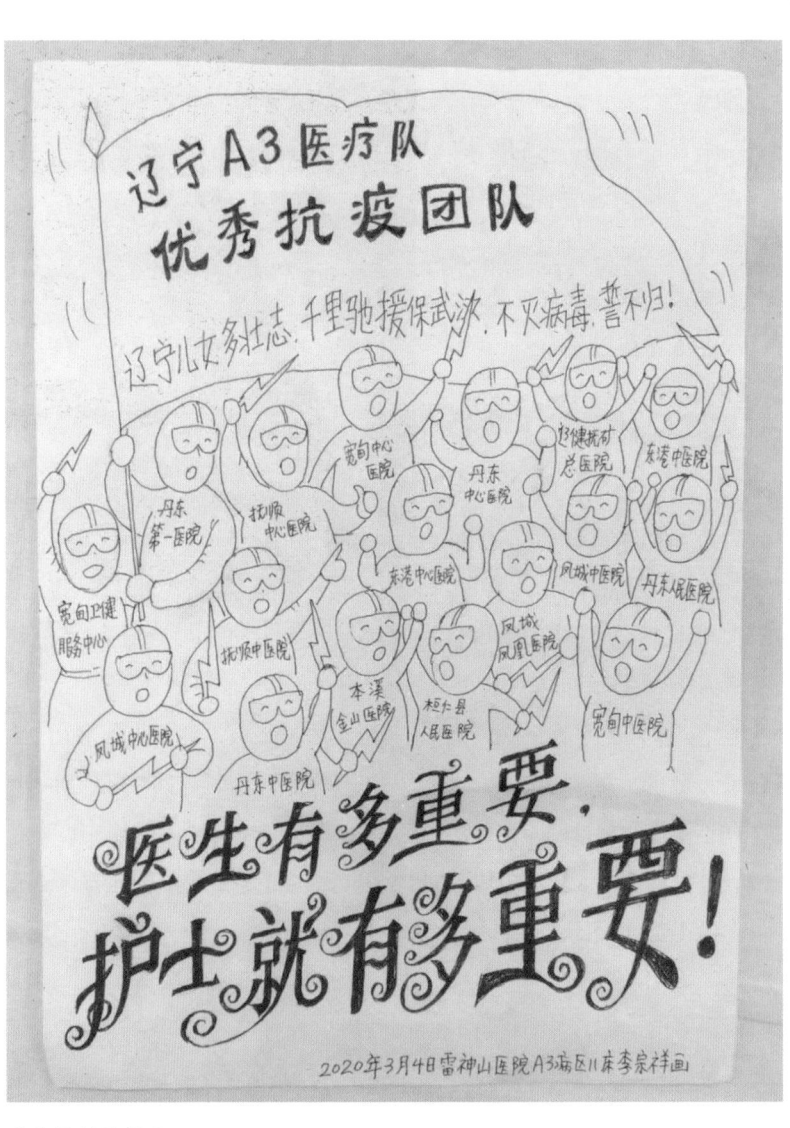

患者绘制的漫画

患者绘制的漫画

今天，我们在一脱区、二脱区安装了摄像头，这样感控专员在护士站就可以看到每个人脱下防护服的全过程，一目了然，哪一个环节有什么问题马上就可以指正，这样安全系数就更高了。

所以，满月不是结束，而是下一场战役、下一次冲锋的开始。希望我们继续发扬雷神战队的优良传统和作风，不要有一丝一毫的松懈思想，握紧我们手中的"冲锋枪"，团结一心，攻坚克难，为祖国为人民驰骋疆场，不获全胜，决不收兵！

3月13日

晴

今天是我来到武汉的第34天,习惯了每天用日志和照片的方式去记录我在武汉的点点滴滴,想要给自己生命中最难忘的一段岁月留下一个印记,证明我曾来过、我曾战斗过。我看见的每一处风景,我遇到的每一个人,我经历的每一件事,终将改变我的一生。

后夜,凌晨,大巴平稳地行驶在黑夜中。司机师傅一如既往热情地和我们聊天。我们问他:"怎么次次夜班都是您啊?真巧。"他说:"不是巧,是我天天夜班啊!"我们惊讶不已:"天天?那您什么时候休息啊?"他回答:"白天我就休息了呀。""那不是相当于下夜班,晚上又上班了?"得到师傅肯定的回答后,我们感觉他们太辛苦了,我们上了多少天班,他们就上了多少天,这种昼夜颠倒的生活,刚开始不觉得怎样,但过了一段时间后,就会感觉身体很疲乏,想缓过来非常不容易。"那你们为什么不多安排一些人呢?"我们不解地问。司机师傅爽朗地笑了,说:"我们负责接送你们,等你们回家了,我们也是需要隔离的,如果再增加人员,到时候大家都隔离了,武汉复工的时候,就没有人来开公交车了。所以只要武汉能够好起来,多大的困难我们都可以克服。"司机师傅的话朴实无华,没有一句豪言壮语,却透着满满的正能量,像一轮太阳般照亮了整个夜空,也照亮了我们的心。

换防护服的时候,翠翠说起她的儿子在家写了请战书,郑重地按

翠翠和儿子的合影

了红手印，请求带领自己的团队支援武汉，和妈妈一起并肩战斗。我说："他的团队？都有谁啊！"我心里想着该是幼儿园的小伙伴吧。"他姥！"翠翠一句话，大家忍俊不禁，多可爱的孩子啊，妈妈已经离家34天，孩子想的不是和妈妈撒娇，要妈妈早点回家，而是选择和妈妈一样成为一名"逆行"英雄。翠翠接着说："我儿子说了，如果需要去国外支援，就让我去支援巴基斯坦，说好朋友就应该互相帮助。"一句话，让我们三人同时为翠翠家宝贝点赞，别看孩子年龄小，却已经有了一个男子汉的忠诚果敢，和勇于担当的责任感。这让我想起了前几天我们一起下楼在大厅取饭的时候，看见焦焦、张娜和孩子视频，电话那边的宝贝们除了和妈妈诉说思念，更多的就是关心妈妈的身体好不好、累不累。其中焦焦的孩子小一些，一个劲儿地问妈妈：有没有把病毒打败？是不是把病毒都打败了，妈妈就能回家了？孩子软软糯糯的声音就那么回响在我的耳边,让我的眼泪再也止不住。我悄悄走到院子里,看着外面难得的阳光。有阳光就有希望,有希望就有勇气,孩子有这样一个白衣执甲、"逆行"出征的妈妈,她给孩子上了一堂最精彩的教育课。少年强则国强,少年进步则国进步,父母是孩子的第一任老师,再多的说教也比不上父母的言传身教、潜移默化。

虽然一场突如其来的疫情让我们措手不及,但各行各业的"逆行"英雄在国家危难之际临危受命,力挽狂澜,必将在全中国的少年儿童心中播撒一粒粒无私奉献的种子,用爱跟责任浇灌,在不久的将来它们一定会成长为一棵棵参天大树。

3月14日

晴

驰援武汉35天,我见过武汉白日的静默淡然,也见过武汉夜晚的万籁俱寂,唯独没有见过武汉的川流不息、喧嚣繁华。整个武汉仿佛被按下了暂停键,而我们却在这个城市的每一个角落,共同按下了快进键。

今天下午带患者在外走廊活动的时候,32床那位89岁的奶奶引起了我的注意。她站在窗前,双手紧紧握着窗栏杆,微风吹乱了她花白的头发,她就那么望着窗外,神态淡然而优雅。我举起手中的相机,想记录下这一刻,结果被奶奶发现了,她对我招招手,说:"孩子你来,咱俩一起照。"我拜托隔壁病房的阿姨帮我们合影,奶奶扔掉拐杖,向我依偎过来,像个孩子似的,小心翼翼地从背后揽住了我的腰,神情中都是满足。我知道,奶奶太孤单了,看着靠在我肩头的奶奶,我心酸不已:89岁的高龄,该是儿孙满堂、

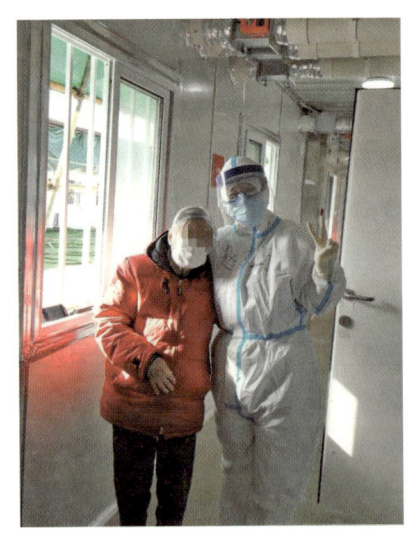

陪孤单的患者奶奶聊天并合影

和患者奶奶的交流需要连说带写　　　　为患者奶奶鼓劲加油

安享晚年的时候,可奶奶却独自一人住在隔离病房,其中的孤独不言而喻。我陪着奶奶聊了好久,虽然奶奶的耳朵有点背,我俩聊天都是连说带写的,但画面却是那么的温馨和谐,浑然天成,让人感觉异常温暖。

巡视病房的时候,发现"李画家"还在废寝忘食地作画,我佯装生气:"不是和您说过了,您需要休息。"他却说:"东方,你来了。我画的漫画集作为送给你们医疗队的礼物,现在已经完成啦,我明天就要出院了,真舍不得你们啊!尤其舍不得你,你是我的福星。"我笑着说:"画家,到了隔离点记得照顾好自己,电话常联系,我会很想您的。""好,好,好!"他连说了三个"好",眼里有泪光闪烁。同屋的小伙子帮我俩合了影,将我们的友谊定格了下来。我知道,我们因为一幅《盼春图》结缘,现在也到了要分别的时候,也许我们以后很难再有机会见面,但曾

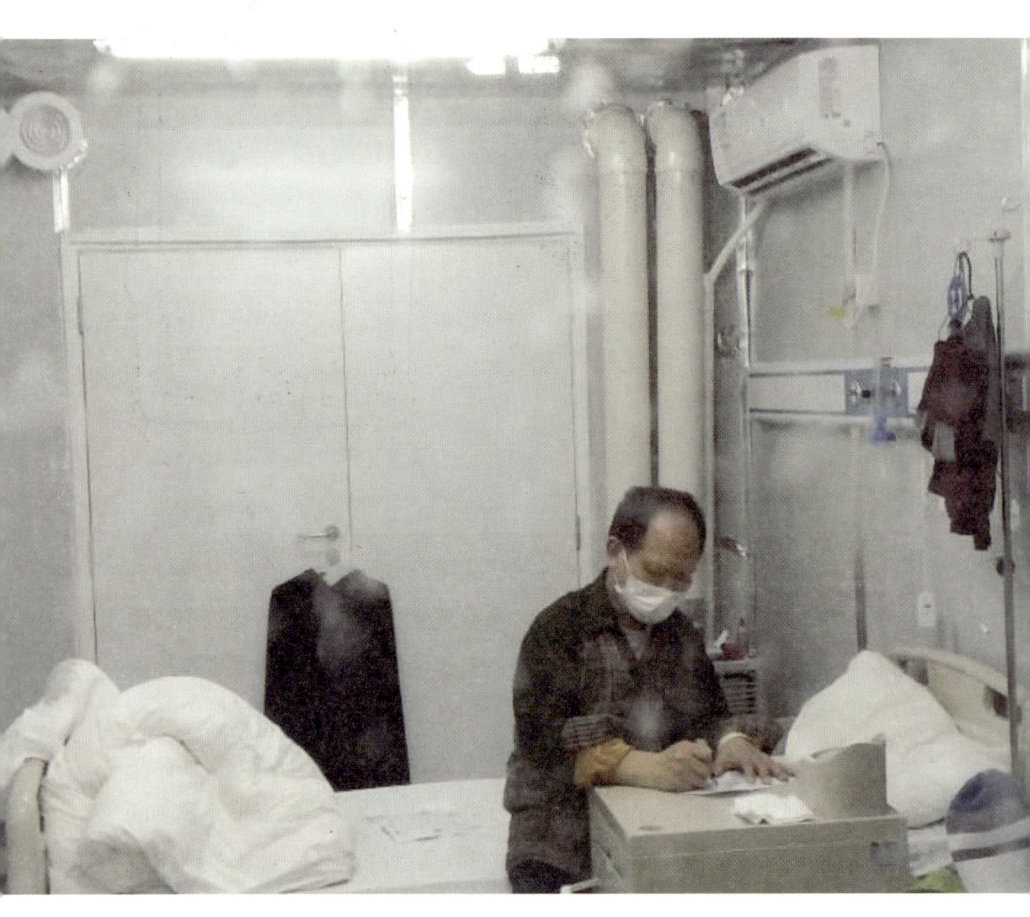

"李画家"仍在奋笔作画

经一起并肩作战的日子,将永远停留在我们记忆的深处,永远不会忘记。

下班的路上,同组的小伙伴娲娲说:"下班了,咱们也应该走出个'六亲不认'的步伐。"惹得我们几个一阵哄笑,笑过之后就是一阵静默。我们都知道,一个多月的昼夜颠倒、夜以继日,很难让我们在下班的时候走出轻快的步伐。我看着眼前一张张彼时青春飞扬的脸庞,此刻都透着淡淡的疲惫,但一双双坚定的眼眸,透露出坚韧不拔、百折不挠的韧劲儿。我知道,这就是我的战友,中国的白衣天使,我们守得住、扛得住,我们要坚决打赢武汉保卫战、湖北保卫战,不获全胜,决不收兵。

思绪翻飞的时候,她们已经跑远了,站在前面喊着我:"东方姐,快点跟上啊。"我收回思绪,快步向前跑去,向着队友、向着终点、向着希望,奔跑!

3月18日

晴

早上起床，习惯性到门口去取早餐，果然，一份早餐静静躺在我门口的箱子上面。援鄂第39天，修主任每天都帮我们带早餐上来。我特别不好意思，我比修主任小那么多，不但没有好好地照顾他，反而让55岁的老大哥每天照顾我们。可修主任却说："年龄大了，根本没有那么多觉，早上起得早，顺手带上来，你们年轻人就可以多睡一会儿，我比你们年龄都大，一定要照顾好你们，把你们平安带回去。你嫂子啊，怕我心粗，照顾不好你们几个小孩儿，天天打电话嘱咐我。"我和修主任在单位虽然不在一个科室工作，但我和他还有他的爱人刘主任同属于内科党支部。我虽然是党支部书记，但我的年龄要比支部内的老党员小许多，党龄也要短许多，很多工作欠缺经验。作为多年老党员的修主任经验非常丰富，平时就非常照顾我，总是给我很多的工作建议和帮助，当得知我们会作为战友一起支援武汉时，大家都非常开心。

修主任今天值白班，这个时间他应该已经开始在病区查房了。多年担任科主任的他，工作态度和业务水平是毋庸置疑的，但最让我佩服的是他的为人，他非常真诚善良，淡泊名利，每天心里想着的只有他的患者。有时候没有班，他也会到病区转上一圈，把自己管床的患者挨个看上一遍，有症状及时处理，用他自己的话说，"我得每天亲眼看见他们，我才放心"。真诚待人，医者仁心，在修主任这里体现得淋漓尽致。

我记得《菜根谭》中说:"做人,要存一点素心。"做一个素心之人,不虚伪,不圆滑,以真诚示人,以淳朴待人。贫而无谄,富而不骄,心净质无华,如幽兰一般清香淡远,乃真君子风度。一如我们身边的修主任。

吃完饭,我开始了今天的卫生清扫、消毒隔离工作,房间每天两次的卫生清扫、消毒隔离和开窗通风是我的工作任务,必须按时完成,没有一天间断。今天值责2的班次(14:00—20:00),

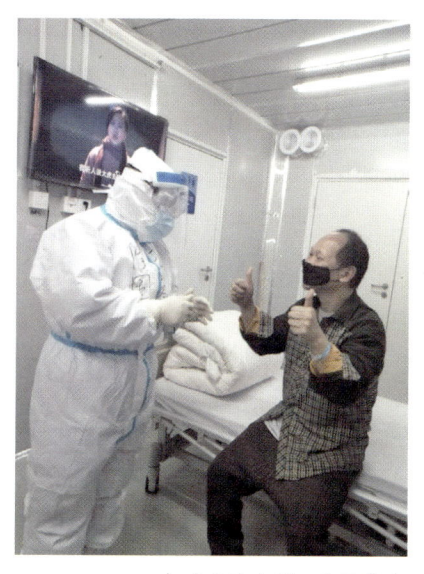

在病床边安慰、陪伴患者

下午上班。与平时不同的是,我今天换搭档了,前几天我们病区新加入了七名小伙伴,有三名医生、四名护士,都来自于武汉大学中南医院,可惜郑华和宋扬并没有分到我们病区。由于新鲜血液的加入,我们的班次暂时有了一点小小的变动,所以这个班我会临时加入到张娜的小组,以便让她们小组的一个小伙伴轮休。

下午快要上班的时候,看见群里的感控云光姐发来一条消息,说想为我们病区做一个音乐视频,配上诗歌《若我归来》,加上大家工作状态下的照片,现在开始征集照片。这个提议一下子就获得了全体成员的欢迎,大家在群里讨论得热火朝天,急性子的翠翠更是第一时间把照片发到了群里,以示她参加活动的热情。同时患者群里也热闹了起来,大家纷纷发来修主任查房的照片,果然,敬业的修主任还在辛苦地工作。每次看见修主任查房我都很敬佩,那么大年龄,动作本来就不如年轻人灵活,每次穿脱防护服对他来说都是考验。穿还好一些,可以坐在椅子上慢慢穿,但脱的时候就非常困难了,因为全程需要站着完成,很考验灵活性和稳定性,对于很多年轻人来说都不容易,何况修主任已经55岁了,每次出舱他都汗流浃背,浑身湿透。更让人感动的是,他不仅仅是每天都来查房,有的时候患者出现病情变化或者情绪波动,他就随时进舱,在床边陪伴安慰,直到患者的情绪平复,他才会拖着疲倦的身体从病房里出来。但因为长时间站立导致脱防护服的时候腰都弯不下去,这件事没有办法帮忙,我们只能含着眼泪看着他自己一点点艰难地脱着。很多患者心疼他,告诉他说:"您不用每天都来看我们,这样太辛苦了。"可他却认真地说:"望闻问切是我们医生的基本功,不看患者不查房怎么治疗?你们把命交给了我,是对我最大的信任,我就要肩负起一个医者的责任,这是对我职业的尊重,也是对患者的尊重。我一定尽自己最大的努力,让你们健健康康地与家人早日团聚。"一番话说得患者眼含热泪。我知道,从此,一个时时刻刻为患者着想的辽宁白衣战士,将永远印在患者的心中,也印在了我们的心里。

  真诚是人世间最宝贵的品质,人品是人世间最珍贵的财富。我很庆幸身边有这样一盏指路明灯,有这样一位人生导师,指导我前行,教会我成长。不为世事所惑,不为世道所变,凡心所向,素履可往。

3月19—20日

多云转晴

早上是在东北二人转的歌声中醒来的,听着这熟悉的乐曲,我竟有一种还在家乡的感觉。每天早上7点30分音乐会准时响起,而且每天只放两首歌,或励志或爱情或民谣歌曲,风格不定,不过今天是二人转,倒是让我蛮意外的。我曾经早上爬起来下楼去寻找过声音来源,却没有找到,于是放弃了。反正我在这方面并不是一个特别较真的人,有音乐听就好,何必非得执着它从哪里来呢?

下午病区群里通知,晚上6点大家到楼下院子集合,护士长要给大家拍几张集体照,以便给大家留念,要求大家都穿雷神山统一的队服。吃完饭我们准时到楼下集合,难得病区的人员这么齐全,大家都很兴奋。我看着身边的战友,我熟悉她们的每一双眼睛,却没有见过她们的整张脸庞,我们常常开玩笑说:以后摘了口罩见了

大家穿上雷神山队服合影留念

面,恐怕也得通过眼睛来分辨谁是谁了。压根儿没有见过脸的战友,古往今来,估计也只有我们了。我转过头一眼就看到了同组的小伙伴——晓婉、娲娲和翠翠,她们说难得今天人齐服装也齐,咱们先照一张,至此,四个原本完全不认识的小伙伴跨越了千山万水,建立起来的深厚友情就这样被定格了下来,四双微笑的眼睛看起来是那么的明媚阳光,让人一眼望去就感到温暖开心。

晚上坐车去上班的时候,郑华联系我,说她晚上后夜值班,问我是什么班,看看咱俩能不能碰到。郑华和我是一个科室的同事,前些天和我们病区新来的那些小伙伴一起,来到雷神山医院,已经来了几天了。尽管我们俩的病区距离非常近,但因为我们的班次不同一直碰不上,所以依然没有见过彼此。今天特别巧,凌晨2点我下夜班,正好郑华上夜班,她可以让前一个班的同事帮忙代一会儿班,我们有短暂的见面时间,这一发现让我们俩开心不已,当即就约好一定见面看看对方。

这时候,大家发现平时活泼的晓婉特别沉默,已经半天了一句话没说过,刚才拍照的时候还挺好的呀。我们问她是不是不舒服,她说:"可能是晚上吃饭的时候有点着急了,东西感觉吃得不对劲,现在恶心得厉害,加上正好处在生理期,整个人特别难受。"我们想跟护士长请假,让晓婉回去休息,班次由我们三个人来上,可这小孩儿怕我们忙不过来,死活不同意。没办法,我们三个商量,留下我在清洁区照顾晓婉,娲娲和翠翠暂时先进入病区,忙不过来的时候我随时进去接应。晚上9点的时候,晓婉突然难受得厉害,冲进卫生间吐得昏天黑地,我让她到休息室躺一会儿,结果她还是不同意。没办法,我只好让她在桌子边趴着睡一会儿,缓解一下。看着晓婉皱着眉头,趴在那里,一阵阵的酸楚涌上了我的心头。二十几岁的女孩子,在家应该被父母宠得像个小公主,可现在,她却像个女战士,在国家的一声召唤中,义无反顾地冲到了前线，用自己的热血书写着不一样的青春。我轻轻地为晓婉披了件衣服，让她睡得舒服一点。我走到走廊，站在窗前，看着外面亮如白昼的雷神山医院，仍有人在彻夜奋战，我们不知道彼此是谁，但我们有一个共同的心愿：让武汉重启。为此，我们付出再多的努力都是值得的！

凌晨2点20分，我以最快的速度换好衣服冲出更衣室，准备过去找郑华，结果我一出门就看到她在门口等我，我开心地喊了一声："郑郑。"她却一脸茫然，有些不确定地看着我说："护士长？真的是你，这也太不像你了，我完全没有认出来。"好吧，我承认，穿着大一号的冲锋衣，戴着帽子、口罩，就露着一双眼睛，下夜班后浑身上下透露的都是疲惫，完全颠覆了我以往的"人设"，现在这个状态别说是她不敢相认，就连我自己照镜子都得端详好半天。

由于2点30分回酒店的班车要准时出发，所以我们只有5分钟的时间叙旧，才能够保证不耽误所有人赶班车。我们迅速地互相询问了一下各自的身体状况和工作情况，余下的时间只来得及在雷神山文化墙画着我们金山医院院标的墙面边合了几张影，在"大拳头"的见证下，我们肿瘤内科团队终于在雷神山胜利会师啦。

2月20日—3月20日，整整30天的时间，我们同在一个城市，可属于我们的时间却只有短短的5分钟。时间到

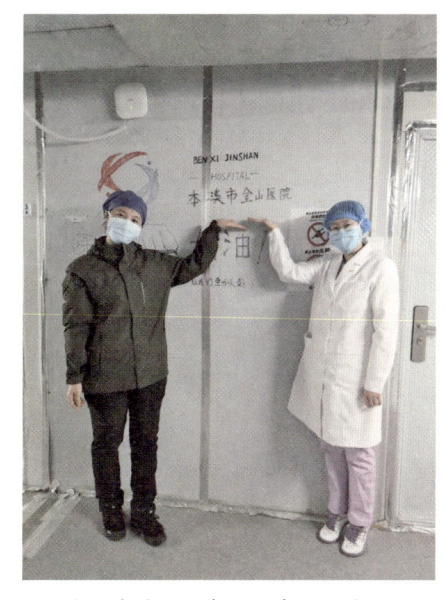

匆忙相聚，只来得及在文化墙边合影

了，真舍不得啊！可我们知道，短暂的分离是为了未来更好的相聚。朋友是什么？朋友就是你见或不见，她就在那里，静静陪伴，远远凝望，无论什么时候，无论身在何方，只要你回头，就能够看见那个温暖的身影，在你身后默默地守护，不远不近，不离不弃。

  我向郑华挥挥手，转过头跟着前方小伙伴的脚步，一路奔跑。感恩时光，将你们带到我的身边；感恩岁月，让你们对我温柔以待。这一生，有你们，足矣！

3月23日

多云

2020年，一场疫情的突然袭击，让我们见证了太多的世事无常，我们永远不知道意外和明天哪个会先来。原本以为每天升起的太阳、温暖新鲜的空气、身边的亲朋好友，都是自然而然地出现在我们的身边，永远都不会改变。可突然有一天，这一切都不一样了，记忆中随时可以回去的家，成了多少人想回也回不去的地方。还记得网上有一幅比较火的图片，描述了2020年的愿望：（1）事业有成；（2）赚够100万；（3）换个大房子；（4）换车；（5）环游世界。最后所有的愿望全部画掉，只在旁边写上"活着"两个字。是啊，人生是一场大型的现场直播，没有预演，没有彩排，不能后退，更不能重来。每个人都希望自己独一无二的人生可以轰轰烈烈，惊天动地，却忽略了能够平凡平安地活着已然是上天莫大的恩赐。

还记得首位上海援鄂医生钟鸣曾说过："疫情过后，我第一件想做的事就是去平常地上一天班，我想平常地过一个周末，然后重新体味一下过去的每一天，我并没有意识到这么重要的、这么珍惜的平凡生活，是那么的可贵。我下次还要回来，我要脱掉口罩，自由地呼吸武汉新鲜的空气。"我们原本以为的柴米油盐在疫情面前显得那么弥足珍贵，我们原本看不起的平凡生活在生离死别之后显得那么幸福安稳。只要太阳照常升起，只要心脏依然炙热跳动，一切困难就都会过去，一切就都

在雷神山医院标语墙前

有希望。

这几天的工作群里每天都在强调院感和规范。领导嘱咐大家,工作已经取得了阶段性的胜利,但大家不能因为时间长了就放松警惕,就麻痹大意,要一如既往严格把关,一定保证"打胜仗,零感染"。

昨天,我们美美的雪锦护士长参与设计了一个专属于A3病区的纪念牌,纪念牌正面刻着:"武汉雷神山医院感染一

用纪念牌围成的爱心

科三病区抗疫纪念",背面则刻着我们自己的名字。雪锦护士长为我们相识相知、并肩作战的缘分留下了最美的记忆,让大家满满的都是感动。

今天难得我们医院的几个人都休息,上午我们集体到雷神山医院拍照留念。下午回来后我和翠翠相约,到酒店后面的油菜花田看看,听酒店的工作人员说过这里,还一直没有看过,所以念念不忘。刚出酒店门口就

特殊的小伙伴——小黄狗

看到一直陪伴我们的特殊的小伙伴。它是一条可爱的小黄狗,每天徘徊在酒店院子里,早上送我们上班,晚上接我们下班,无论多晚,只要我们回来,它一定第一时间欢快地向我们跑过来,摇着尾巴,和我们玩耍,风雨无阻。

我和翠翠慢慢地走着,它就在我们身后不远不近地跟着,如果有人把画面定格,我想这一定是温暖的美丽瞬间,时光静静地流淌在我们之间,这一刻比任何时候都让我感到温暖心窝。转过弯就看到大片的油菜花,大自然就像一个技艺高超的画家,用她的巧手随意就绘出了一幅

酒店后的油菜花田

勤劳的蜜蜂在采蜜　　　　　　路边的蒲公英

美丽的油画。几只勤劳的小蜜蜂在花丛中采蜜，对于我们的到来似乎并不欢迎，很快就飞走了。我跟着它们来到了路边，看着它们静静地落在路边的小黄花上，贪婪地吸着花蜜。阳光、微风、蒲公英、随风摇曳的油菜花和远处被油菜花微微遮掩的小房子，汇成了人世间一幅绚丽多彩、生机勃勃的美丽画卷。

人们总以为最美的风景一定在远方，其实不然，最美的常常就在我们身边，只是因为离我们很近，我们才往往会忽略了它们的存在。那么就从此刻开始，珍惜阳光、珍惜雨露、珍惜朋友、珍惜生命，珍惜家人都在一起的时刻，珍惜爱人就在身边的美好，对待身边的人和事，请抱有最深的感恩和最大的善意。同时我要尽自己最大的努力去关爱患者，修复生活带给他们的创伤，帮助他们走出困境，重新开始崭新的生活。

无法重来的人生，会因为我们的珍惜减少很多的遗憾，那么我们虽然不能改变人生，至少可以改写它。

3月25日

阴

第46天,我已经习惯了每天在窗外小鸟的叫声中醒来,习惯了每天到雷神山医院工作,也习惯了武汉温暖潮湿的气候。

最近病区里出院的患者陆续增多,这让我们每天都开心不已。这意味着我们已经取得了阶段性的胜利,意味着这场战疫我们以压倒性的优势胜出,意味着最终的胜利指日可待。

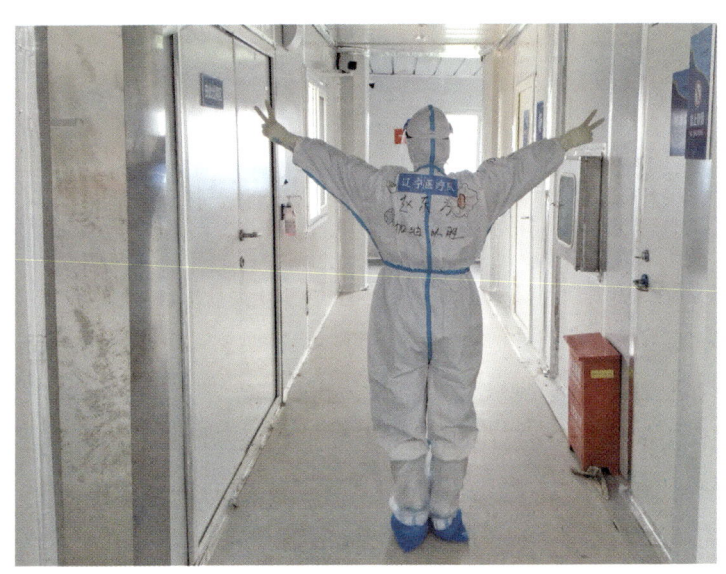

在阶段性胜利面前,加油!

今天陪着患者活动的时候，一位阿姨给了我们一个大大的惊喜，她精心准备了一首歌——《爱的奉献》，作为送给我们的礼物。阿姨的嗓音很好听，歌曲中饱含着深情和厚爱，让我们感动不已。

其实阿姨和爱人是过年的时候来武汉探亲的，可叔叔却在这场疫情中永远留在了这里，阿姨悲痛欲绝的同时又非常自责，她觉得如果不是为了陪她，叔叔现在还好好活着。看着她每每说起叔叔泪水涟涟的样子，我的心好酸。我告诉她："我们要让离开的人放心，留下的人安心，大家只是在不同的世界各自安好，并不是真正地离开。就从现在开始，就从此刻开始，你一定要好好地活下去，把你的好日子过成双份的，这样才不会辜负叔叔对你的爱。"阿姨看着我，坚定地点了点头说："东方，我会的，我一开始真的感觉活不下去了，是你们每天都过来陪我聊天，给我鼓励，让我觉得生活还是有希望的，感谢你们，感谢辽宁医疗队，我会永远记得你们的！"其实我们也会永远记得他们，武汉、雷神山、眼含热泪的患者，会永远定格在我们心里，成为我们记忆里最暖的一幕。

为了让大家开心起来，也为了让大家重视手卫生，我们组临时改编了一个小品，一瞬间A3病区的护士和患者变身成了导演、编剧和演员，保洁小哥变身成了摄像。我们导得并不专业，演得也不完美，但大家却无比认真细致。患者叔叔们把出镜的机会让给了阿姨们，他们做起了幕后的剧务，清场地，摆队形，每一个镜头、一个动作、一句台词，大家都细细斟酌，认真修改，时不时发出一阵阵哄笑。看着眼前一张张热情洋溢的脸庞，一扫往日的苦闷和低落，我们的目的达到了。小品重要吗？演成什么样子重要吗？不重要。重要的是，我们把积极乐观的生活态度带给了大家，让大家学会在阴霾中找寻阳光，在困苦中保持快乐。

一番努力下,我们的小品拍摄成功。大家在一起热烈讨论的时候,我静静地站在人群之外,感受着窗外热情的阳光和眼前这份浓浓的热烈,看着窗外和我们一样依旧努力奋战的工人们和我身边这些即使悲痛依旧努力生活的患者们,我的自豪感油然而生。这就是我的同胞,这就是我生活的祖国,一场突如其来的疫情固然打得我们措手不及,但祖国的强大和人民的团结,向世界展示了中国速度、中国力量。火神山、雷神山——中国用事实让世界惊叹不已;中国医护、"逆行"英雄——中国人用行动让世界肃然起敬。

作为一名中国人,无论你在什么地方,无论你发生了什么,请永远不要害怕,因为,在我们的身后,有坚强的意志,有团结的同胞,有强大的祖国,这些都将成为我们钢铁般坚强的后盾。

所以,奔跑吧,武汉,曙光就在眼前,胜利就在前方!

3月26日

大雨

昨天开始,武汉公交线路开始恢复,这意味着离武汉重启又近了一步。今天是我来到武汉的第47天。这几天的天气很不好,不是阴天就是下雨,阴沉得好像人都要发霉了一样。今天休息,我昏昏沉沉睡了一天。最近感觉身体非常疲乏,好像需要睡很久才能缓过来。下午3点30分左右,我从床上爬起来,决定到酒店后面的小院子走走,散散心。虽然天阴得厉害,但我想着反正也没有几步路,一会儿就回来了,索性也就没有带雨伞。

我顺着酒店后面的小路,慢慢地走着。路旁有几块小小的菜园,空空荡荡的,仿佛在等着自己的主人,倒是菜园边上的小野花、蒲公英争奇斗妍,竞相开放,看起来特别有味道。我索性蹲在那里,给它们拍起了照片。其实武汉真的是一座特别美的城市,随手一拍就是一幅美美的风景

路边盛开的野花

一棵安静的树

画,如果没有这场疫情,这个时候这里应该很热闹,可现在陪伴我的只有路边摇曳生姿的小野花。

此时的天已经阴沉得厉害,墨色的浓云挤压着天空,沉沉的仿佛要坠下来,看样子马上要下雨了,我应该现在掉头回酒店才对,可不远处的一棵树吸引了我的视线,我还是决定到近处去看看它。它没有那么浓密的叶子,树枝舒展,好像一位正要舞蹈的少女,透着羞怯;它的周围是一片空地,其他的树都呈现出一种春天般的浓烈,唯有它有一种遗世独立、孤芳自赏的感觉;它不似白杨笔直挺拔,不似桃树般落英缤纷,它就是它,什么都不用做,只需要静静地站在那里,就美得好像一幅淡淡的水墨丹青。

听酒店工作人员说,再往前走不远,有一个特别美的湖,那里的景色也是非常的淡雅。我默默地感叹:武汉的城中湖可真多啊,怪不得湖北被称为"千湖之省";就像我们本溪被人们称为"山城",是因为我们的山特别多,到处可见连绵起伏的山峰,景色也是美不胜收。原本和武汉相隔千里,却因为我们的到来变成了山水相依,倒是一段佳话!

  雨还是下起来了,看来今天看不了湖了。我转过头快步跑向酒店,结果雨越下越大,我跑回酒店的时候还是被浇得浑身湿透。外面大雨滂沱,仿佛积攒了一天的大雨在此刻一下子都被释放了出来,给人一种酣畅淋漓的感觉。我站在酒店门口,看着外面的瓢泼大雨,想着雨后的武汉,天空一定更蓝,空气一定更新,花儿一定更艳。我甩了甩头发,快步走向电梯。不管今天有多少苦难,明天都是崭新的一天,未来依旧可期,加油!

3月30日

阴

今天是后夜值班,我看着手机上时间跳过了零点,代表着我们援鄂已经整整51天了。我怕再睡着,容易睡过头,想着反正快凌晨1点了,索性就不睡了。这两天病区的患者陆续康复出院,每天病区的患者群里都是告别和祝福的声音,于是我们的开心果晓婉又大胆地预测了一下,说我们应该月末就要回家了。每当晓婉想要预言一件事的时候,她最常说的一句话就是:"让我大胆地预测一下……"同时伴着一脸高深莫测的表情,看起来像个世外高人一样。可惜她的预测总是不准确,常常逗得我们几个哈哈大笑。照着晓婉的预言,也许今晚就是我在雷神山医院的最后一个夜班了,如果真是这样的话,那还真的挺巧的。我们团队在雷神山医院的第一个班次就是后夜,再以后夜结束,至此,就可以为我们团队的援鄂行动画上一个完美的句号。

前几天我们的"抗疫工作证明"也发下来了,上面写着:"亲爱的战友:一场突发的疫情,让我们相聚在一起,平凡的我们,拥有了一个响亮的名字——

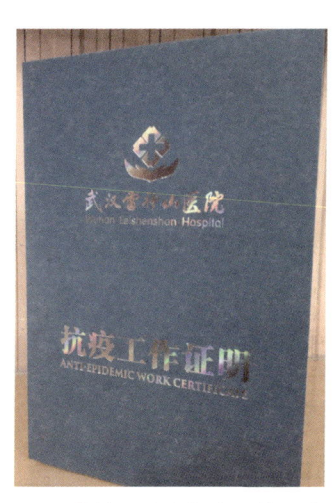

雷神山医院抗疫工作证明

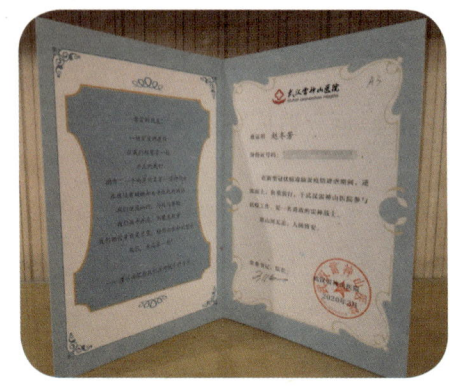

雷神山医院抗疫工作证明

雷神战士,在这没有硝烟却关乎生死的战场,我们逆流而行,与时间赛跑,我们携手并肩,与魔鬼较量,我们相信爱就是希望,谱写出生命的赞歌,我们永远在一起!——谨以此纪念我们共同战斗的日子。"当我第一次看见"雷神战士"这个称呼时,我感觉全身的血液都在沸腾,似乎要喷涌而出。我们只是做了一名医护人员应该做的事,却被武汉人民给了我们如此响亮的称谓。我们一定要努力努力再努力,坚持坚持再坚持,和武汉同呼吸共命运,一定要奋战到最后一刻。

凌晨1点25分,我们一路沿着医护专用通道走向病区。这条长长的走廊承载着我们太多的欢笑、太多的泪水,有名的雷神山文化墙每天都在变化,上面的画风五花八门,或卡通或素描或水墨或简笔,唯一不变的是每一幅画所透露出来的精神,是永远的温暖安心,永远的乐观积

雷神山医院文化墙上的图画

极。我们常常感叹大家精湛的画技,笑着说:原来这是一群被医学耽误的画家啊!

熟练地换上防护服,进入了病区,里面静悄悄的,这个时间所有的患者都已经入睡了。我静静走过每一间病房,细心查看患者有没有蹬被子,睡得安不安稳,有没有病情变化。这是每个班次的日常工作,我不知道这样的日常我还会经历多久,也许还会坚持很久,也许今天就是最后一天。我走进叶大爷的房间,看见大爷睡着了,血氧饱和度98%。大爷是我们病区的第一批患者,就是最开始那个沟通时需要"翻译官"的大爷,中间因为病情危重一度转到ICU治疗,最近病情稳定,又转回了我们病区。我们经过了51天的锻炼,其间遇到过比叶大爷说话还要难听懂的患者,所以这次叶大爷回来,我们惊奇地发现,大爷的话也没那么难懂,只要我们互相都说慢一些,还是能很好沟通的。因为疾病的原因,大爷肺功能受损,如果不吸氧气,血氧饱和度就会降下来,所以这几天大爷情绪有点波动,晚上睡眠也不是很好,有时候闹脾气,我们让他卧床休息,他偏要下床活动,还告诉我们说:"要锻炼身体。"甚至还板起脸,吓唬我们,让我们同意他活动,可大爷的表情看起来一点都不吓人,甚至很可爱。人们常说老小孩老小孩,我想,说的一定是像叶大爷这样的人。

从大爷的病房出来,我看见晓婉坐在走廊的椅子上,不知道在想着什么。我边洗手边问晓婉:"还在想家吗?"晓婉说:"姐,当然想啊,刚到武汉的那儿天,我天天想家,想我爸妈,可这些天过去了,我看着病区里的患者陆续康复出院,即使暂时没有出院的患者也一天天好起来,我们每天看着他们渐渐走出哀伤,开始了新的生活,我开心的同时又感觉好舍不得啊。我想如果到了通知我们可以回家的时候,我一定会哭。"是啊!这么多天的朝夕相处,我们和患者之间就像亲人一样,

告别雷神山医院

我们一起欢笑，一起流泪，彼此陪伴，彼此鼓励，要是突然离开了，真的会舍不得。这几天看着大家偶尔在群里讨论回家的时间，我的心里却总是浮起淡淡的感伤。原来在不知不觉间，我早已把武汉当成了我的第二个故乡，我的第二个家。

早上下班在更衣室换衣服的时候，病区接到了通知，今天把我们病区剩下的患者转到其他病区，我们今天全面消杀封舱，具体撤离时间另行通知。我一下子愣住了，转头看了看晓婉，这家伙这次居然这么准，原来昨晚真的是我上的最后一个班了。我还没有亲口和患者说上一句再见，我还没有给他们一个告别的拥抱，我还答应了李阿姨走的时候一定当面和她说再见，我还想再看一眼可爱的叶大爷。这么突然的就要离开了，我心里说不上是一种什么样的感觉，既有回家的兴奋，又有离别的伤感。

回到酒店刚洗完澡就看见群里的通知，明天早上撤离。原来留给我们的时间这么短了，短得我们做什么都来不及了。今天下午雷神山医院给我们举办撤离仪式。下午大家统一身着队服，来到雷神山，就在外面的空地上集合。雷神山贴心的布置让人感到非常温馨："雷驰荆楚，术济苍生"的背景板静静地矗立，各家医疗队的队旗随风招展，高高飘扬。鲜花、彩旗、红毯、音乐，整个现场的气氛特别热烈，一扫雷神山往日的宁静。当看见"李画家"的女儿带着锦旗突然出现在现场，当面向我们A3病区全体医护人员表示感谢的时候，我们的眼睛湿润了。在我们看来，我们只是做了医护人员应该做的本职工作，但武汉人民却给了我们最美的称号、最深的感谢和最高的礼遇。我郑重地在辽宁省第五批援鄂医疗队的队旗上留下了我的名字，刚照了两张照片就被热情洋溢的小伙伴拉走了。我们在动感的音乐中唱着、跳着、笑着、闹着，

医疗队撤离仪式

医疗队撤离仪式

在队旗上留下我的名字

在离开前，留下我欢快的身影

彼此拥抱，彼此祝福，我觉得这样的生机与活力才是武汉应该有的样子。51天，在这个火速建立的病区里，我见证了它的成长；51天，在这个特殊的医院里，我见到了它的温情；51天，在这个英雄的城市里，我见到了它的团结；51天，在这个霸气的国度里，我见证了它的伟大。我张开双臂，给了武汉一个大大的拥抱，一切苦难已经过去，往后余生只有幸福！

今生何其有幸我身穿白衣，今生何其有幸我驰援武汉，今生何其有幸我生在华夏。今生，我来过，我甘之如饴，我无怨无悔。

3月31日

武汉阴　本溪多云

第52天,我们终于回家了。早上我起得很早,把我住了52天的房间打扫得一尘不染。这个小小的房间,陪伴我走过了生命中最难忘的岁月,见证了我人生中最重要的征程。我们大家约好了,明年再来武汉,还住这家酒店,还住自己的房间。我微微伤感的同时又感到无比高兴,因为我们的离开,就意味着武汉的重启,这座美丽的城市终于要回归往日的喧嚣和繁华。我最后一次推开窗子,感受着和来时完全不一样的心境,仿佛空气都变得不一样了。我看了一眼窗外,还不到时候,看来我注定要错过今天的音乐时间了。

拖着行李箱来到酒店门口,首先映入我眼帘的就是热闹的送行队伍,酒店的工作人员、明日撤离的战友、自发来到现场的群众、英姿飒爽的警察……组成了温暖感人的豪华版送行阵容。大巴前方,铁骑如流,

酒店外送行的队伍十分热闹

机场人员打出标语为我们送行

为我们开路;街道两旁,人们挥手致意,为我们送行。在一声声感谢、一句句祝福中,我们踏上了回家的路。

来到天河机场,到处是"热烈欢送援汉医疗队凯旋""英雄凯旋,感恩有你""希望的使者,最美的天使,真正的英雄"等大幅标语,亲切的机场工作人员不断地道谢祝福。最让我们感动的是,我们手中的援鄂抗疫纪念登机牌,上面写着,航班:胜利号;目的地:美丽故乡;日期:抗

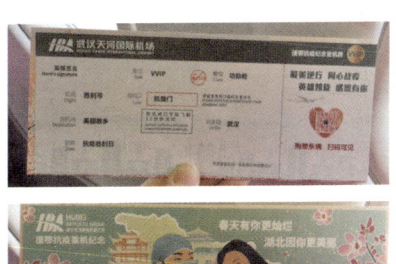

援鄂抗疫纪念登机牌

115

疫胜利日；登机口：凯旋门；舱位：功勋舱。简短而又热烈的欢送仪式后，我们带着武汉人民的深切祝福登机了，我最后看了一眼我们为之努力奋斗过的城市：忘不了深夜值班时患者的一句关心；忘不了出院时患者的鞠躬不起；忘不了大巴司机的那句"我要和你们并肩作战，坚持到底"；忘不了志愿者们挥汗如雨，昼夜辛劳；忘不了临行前热情的武汉人民拉着我的手说"谢谢你们为我们拼过命"。我知道，从此，武汉的山，武汉的水，武汉的人，终将烙印在我的心里，成为我永远的牵挂！

下午1点25分，历经52天，我们终于踏上了家乡的土地，家乡人民用最高礼遇的仪式来迎接我们——"过水门"让我们激动不已。看着水顺着飞机窗口流下来的时候，我的视线模糊了。我们平安回家了，但在这场战疫中有一些武汉当地的战友永远地留在了那里，留在了2020年的春天，他们才是真正的英雄。没有人生而勇敢，只是他们选择了无畏。未来就交给我们吧，我们会沿着你们的足迹，继续你们未完成的使命，救死扶伤，守护生命！

在高速公路北口，本溪市为我们举办了盛大的欢迎仪式。下车后我在欢迎的队伍中一眼就看到了老公和儿子，我伪装了那么久的坚强一下子就崩溃瓦解了，我一瞬间哭得像个泪人——52天，我终于回家了，虽然现在还不能和你们拥抱，还不能和你们团聚，甚至连话都说不

本溪市举办了盛大的欢迎仪式

上一句，但能够远远地看你们一眼，我已经觉得非常满足了。我把手默默地放到胸前，你们的心脏在我的胸腔里跳动，跟着我并肩战斗了52天，今天终于被我平安地带回来还给你们了。

　　有一种思念，叫望穿秋水；有一种等待，叫天天牵挂；有一种感情，叫不会改变；有一种执着，叫等你回家。你们微笑的样子，是我生命中最美的风景；你们轻声的叮咛，是我生命中最暖的牵挂。你们的爱带着我翻越千山万水，平安回家。感谢你们，我最爱的亲人，此生有你们的陪伴，真好！

4月14日

晴

历时14天,今天终于到了我们休整结束的日子,上午我们终于可以走出自己的房间,来到楼下院子里感受一下阳光和微风。14天里,我们9个人第一次聚在一起,在楼下院子里,我们欢笑奔跑、开心跳跃,留下了生命中最美的笑容和最真挚的感情。

中午,我把整个房间打扫得一尘不染,同离开武汉时一样。对于后勤保障人员的辛苦付出,我们非常感谢。14天里,每一顿饭都有人精心烹饪,房间内的每一样物品都是精心准备的,只为了给我们家一般的感觉。如今我们到了要分别的日子,千言万语汇成一句话:感动,感谢,

援鄂医疗队员在酒店度过隔离期,准备回家

勇士归来

感恩!

　　下午 1 点 45 分,院领导、部分科室医护人员、队员家属来到酒店接我们回家。本溪市万隆驾校组成的爱心车队全程服务,每个队员乘一辆车,每个人的照片和名字醒目地印在车身上,全程有摄像跟拍,还有美丽的小护士们组成的礼仪队随行。金山医院的迎接队伍成了路上一道最亮丽的风景线。

　　当在阳台上看到迎接我们的车队到来的时刻,我们的心早已向着亲人飞了过去。我们拼命地在阳台上挥手。看着亲人们的回应,大家开心地笑了起来,我想此时的笑容一定是世界上最动人的笑容。

　　下午 1 点 55 分,接到我们可以下楼的通知,大家仿佛插上了一对翅膀,飞奔着跑下楼。我来到门口,一眼就看到了吴院长和寇书记。吴院长看着我亲切地说:"东方,欢迎回家。"接着寇书记给了我一个大大的拥抱,开心地说:"平安回来就好。"宋院长走上前贴心地接过我手中的行李箱说:"东方,欢迎你回家。"院长助理、护理部主任张桂英则是一把抱住了我哽咽着说:"终于平安回来了,我的心可算放下了。"接下来王书记、院长助理尚巍、武姐、张静、昕昕、雪婷、郭杨还有院里各个科室的医护人员都来了,一张张熟悉的笑脸出现在我的眼前,一个个温暖的拥抱,让我激动万分。我看着眼前两个多月来只有在梦里才能出现的画面,就这样真实而又热烈地映入眼帘,眼泪终于忍不住掉了下来,我抱着同事,心情久久不能平静。

与熟悉的同事重逢

由于家属不能进入院内,刚刚来到酒店大门口,我就到处搜寻着老公的身影,看着他站在不远处,激动地边招手、边跑向我,我一下子冲了上去,和他紧紧地拥抱在一起。亲爱的,我说过陌上花开,会缓缓归矣,如今,历时66天,我终于回来了。郑华、孟焦和张娜抱着孩子,激动不已,紧紧地与宝贝依偎在一起。修主任、勇哥、小唐、宋扬和菁菁也

老公前来接我回家

纷纷与家人拥抱团聚。大家与家人相互倾诉着两个月来的思念与担忧。

车队缓缓地出发了，这一次的心情与出征时完全不同，我最爱的家人就在身边，这是一件多么幸福的事情啊！上午的时候好多患者纷纷发来祝福的信息，他们远在武汉，却心系我们，我们又何尝不是呢？一场疫情把我们紧紧地连在了一起，从此成为最亲密的亲人。我们要相信，每一段相遇，都是命运最好的安排。你们说我照亮了你们的迷茫，但你们却温暖了我的人生，当岁月慢慢老去，那些曾经的温暖会一直留在彼此的记忆中，生根发芽，直至长成参天大树。

我望向窗外，向着武汉的方向送去我的祝福：不负韶华，唯愿安好！

酒店外紧紧相拥的亲人

图书在版编目（CIP）数据

雷神山战疫日记/赵东方著.——武汉：湖北人民出版社，2020.6
ISBN 978-7-216-09975-2

Ⅰ.雷… Ⅱ.赵… Ⅲ.日记—作品集—当代 Ⅳ.①I267.5

中国版本图书馆CIP数据核字（2020）第097053号

雷神山战疫日记
LEISHENSHAN ZHANYI RIJI

责任编辑：刘　佳
特约编辑：胡心婷
封面设计：刘舒扬
责任校对：范承勇
责任印制：王　超

出版发行:湖北人民出版社
印刷:湖北新华印务有限公司
开本:880毫米×1230毫米 1/32
字数:100千字
印张:4.375
插页:1
版次:2020年7月第1版
印次:2020年7月第1次印刷
书号:ISBN 978-7-216-09975-2
定价:32.00元

本社网址：http://www.hbpp.com.cn
本社旗舰店：http://hbrmcbs.tmall.com
读者服务部电话：027-87679656
投诉举报电话：027-87679757
（图书如出现印装质量问题，由本社负责调换）